내일

ⓒ 오철환 연작소설 내일, 2025

차 례

005 하나 _ 별은 왜 어둠을 품는가

033 둘 _ 존재의 이유

069 셋 _ 미몽迷夢

093 넷 _ 마지막 해후

125 다섯 _ 화성살인사건

153 여섯 _ 망자의 랩소디

179 일곱 _ 레퀴엠

하나

별은 왜 어둠을 품는가

　시끌시끌한 가운데 아나운서의 뉴스 멘트가 뚜렷이 들려왔다. 마이크가 이끄는 우주기업 인터스텔라가 화성에 지구환경과 똑같은 조건의 인공 거주공간을 건설했다는 놀라운 소식이었다. 술을 마시며 잡담을 하던 사람들의 이목이 일제히 벽걸이 TV 화면으로 쏠렸다. 금세기의 대표적 혁신가로 손꼽혀온 마이크가 나와서 지구 밖의 행성에 인간이 살 수 있는 거주공간을 인류 최초로 건설한 역사적이고 위대한 업적에 대한 그의 생각과 계획을 밝혔다. 인간의 화성 거주가 겨우 백여 명 안팎으로 극히 제한된 인원만 수용할 수 있는 데다 지구에서의 일상생활에 비한다면 아무래도 무척 불편하고 행동반경이 좁은 점을 거명하면서 일반인의 거주공간보다 영구 격리가 필요한 범죄자를 수용하는 교정시설로 사용할 수 있을 것이라며, 화성의 시설물을 일단 국제형사재판소에 조건부로 기부·채납할 것이라고 선언했다.

"방금 뉴스 들었지. 저 사실은 우리 내기완 무관한 거, 맞지?"

"그렇지. 내기와는 전혀 연관이 없지. 우린 우주여행에 누가 먼저 성공하느냐는 문제였지. 넌 마이크고, 난 마사. 녹음해 둔 거 틀어볼까?"

"됐네. 아무런 다툼이 없고, 아직 아무도 성공한 사람이 없는데, 뭐하러 확인할래."

"근데 마사가 우주개발 전쟁에서 마이크한테 조금 밀리는 느낌이야. 포기했다는 이야기도 돌고. 마사가 뒷심이 좀 부족한가?"

"어떻게 보면 완전 사기야. 지구의 환경이 많이 파괴된 상태지만, 그래도 지구가 다른 행성보단 비교할 수 없을 만큼 살기 좋지. 우주에 나가 사는 비용을 지구에 투자하면 지구를 천국으로 만들 수 있을걸."

"미리 판매한 우주여행 티켓을 회수하고 티켓 값을 돌려줬대. 제리가 마사에게 우주여행 사업의 포기를 종용했다는 얘기가 파다하더군. 사업성이나 수익성이 떨어진다는 이유로."

"하긴 그래. 우주에 나가서 뭣하게. 자칫 사고 나면 바로 죽음인데. 여행비용이나 적나? 천문학적 비용을 내고, 그 위험한 여행을 할 사람이 얼마나 되겠어? 얼마 전 심해 여행하던 갑부 승객 대여섯 명이 전원 오징어 된 소식 들었지? 제리 말이 맞고, 마사의 판단이 맞을 거야."

"그럼 우리 내기는 무승부네."

"아직까진 그런 셈이지. 좀 더 기다려 보자고."

"금 열 돈 따기 힘드네!"

머리 위엔 밤낮없이 우주가 끝없이 펼쳐져 있었지만, 감히 그 누구도 선뜻 다가가지 못했다. 그렇지만 밤하늘의 별은 여전히 누군가를 유혹하듯 칠흑의 어둠을 입고 웃음을 흘리고 있었다.

밤하늘은 끝없이 펼쳐지는 우주로 들어가는 문이다. 무한히 넓은 우주 공간이 조그마한 두 눈 속으로 빨려 들어왔다. 칠흑 같은 어둠은 별들을 위해 숨을 죽이고, 보일 듯 말 듯 가볍게 나는 빛줄기가 화려한 신부처럼 공간을 수놓았다. 가족을 찾아서 길을 나선 나그네별이 가장자리에 앉아 숨을 고르고, 무리 사이를 헤매던 별이 제 갈 길을 잡아 발걸음을 재촉했다. 별은 마치 엄마의 품인양 칠흑의 어둠을 따스하게 보듬고 감싸 안았다.

밤하늘은 변신술에 능한 마법사였다. 별들은 마법사가 베푸는 무도회에 참석한 연인들처럼 화사했다. 밤하늘에 안긴 우주는 온통 축제 분위기였고 수많은 여인이 신데렐라로 변신해 춤을 추는 듯했다. 가끔 쉬고자 집으로 날아가는 별이 눈에 띄었지만 대부분 아름다운 향연에 취해 달콤한 밤을 함께 이어갔다. 마법사는 혹시라도 별난 별이 있어 지루해하지 않을까, 걱정한 듯, 서서히 무도장을 살며시 돌려주는 수고를 아끼지 않았다. 멋쟁이별, 예쁜이별 모두 새로운 분위기에 맞춰 춤추고 무도회는 다시 활기를 띠었다.

마이크는 눈도 깜박이지 않고 밤하늘의 향연을 바라보며 두 주먹을 꼭 쥐었다. 손바닥에 땀이 배고 입안에 침이 고였다. 끝이 보이지 않는 우주는 그 자신이 티끌처럼 미미한 존재라는 사실을 깨닫게 해주었지만, 신비한 우주의 얼굴은 그에게 알싸한 호기심을 불러 일으켜줬고, 신비를 벗겨내고 싶은 강한 욕구를 키워줬으며, 미지의 세계에 대한 도전 의식과 탐구 정신을 자극하기에 충분했다. 천문학에 대한 애정과 과학에 대한 몰입은 자연스러운 현상이었고, 학문에 대한 열정과 독서삼매는 당연한 귀결이었다.

우주는 늘 그의 곁에서 호연지기를 배양해주었고, 항상 깨어있게 하는 각성제 역할을 마다하지 않았다. 무한한 경이와 아름다움, 꿈과 희망은 우주가 그에게 준 최고의 선물이었다. 별들의 속삭임은 상상력과 통찰력 그리고 창의적 발상에 불을 붙였다. 마이크는 스마트폰을 꺼내 밤하늘의 모습을 찍어 확대해봤으나 성에 차지 않아서 제임스웹 우주망원경이 촬영한 우주의 사진을 검색해 보았다. 신비롭고 아름다운 우주가 어서 오라는 듯 그를 향해 손 흔들고 있었다.

고개를 한껏 뒤로 제치고 밤하늘을 올려다보며 어둠에 싸인 우주 공간을 응시했다. 끝없이 퍼져나간 별 무리가 서로 다른 공간에 어지러이 뒤섞여 혼잡했지만, 각자의 정체성을 잃지 않고 제각기 자신의 얼굴을 지켜냈다. 헤아릴 수 없는 별들이 머리 위에서 으스대며 내려다봤으나, 따스한 온기를 내뿜고 살포시 품어주는 다정함을 숨길 순 없었다. 비틀거리는 성운들이 우주를 휘감으며 미지의 공간에 대한 천기를 겁 없이 구시렁거렸고, 먼 곳에서 떠나온 말간 별빛이 두 눈을 사로잡으며 천진한 표정으로 장난을 걸어왔다. 신비롭게 빛나는 별자리들이 우주의 심연에 숨겨진 전설을 말해 줄 듯 달콤한 목소리로 유혹했다. 가끔 사랑하는 연인을 만난 듯 미소지으며 도발적인 윙크를 날리는 날라리도 없지 않았다. 무한한 호기심과 경외심으로 그는 잠을 이루지 못했다. 그날 밤, 마이크는 꿈속에서 부끄럼 타는 노랑 별과 사랑을 나누며 절정감을 맛보았다.

대디가 방문을 열고 들어와 그의 뺨을 살짝 깨물었다. 밤하늘에 취해 별과 사랑을 나누다 잠든 탓에 마이크는 또 늦잠을 잔 모양이었다.

"요 잠꾸러기, 또 늦잠이군. 어서 일어나 학교 가야지."

"아, 대디. 조금만 더 잘래요."

"안 돼. 일어날 시간이야."

대디는 창문 쪽으로 돌아누우려는 마이크의 등 밑으로 두 손을 집어넣어 상체를 일으켜 세웠다. 마이크는 눈을 비비며 마지못해 일어나 늘 그렇듯 화장실로 가 소변을 봤다. 타원형 원목 식탁에서 대디가 스마트폰으로 필요한 정보를 찾아보면서 그가 앉길 기다렸고, 흰 접시에 놓인 먹음직한 팬케익과 오목한 둥근 용기에 담긴 걸쭉한 요거트가 그의 자리에서 고소한 냄새를 풍겼다. 그가 자리에 앉자 대디가 폰을 접고 고개를 들었다.

"마이크, 넌 커서 뭐 하고 싶니?"

"대디, 난 세 가지 꿈을 꼭 이루고 싶어요. 우주선을 타고 우주여행을 하고 싶어요. 그리고 우주를 구경하고 싶은 사람에게 관광을 시켜주고, 큰돈을 벌어 세상을 바꾸고 싶어요. 물론 대디는 공짜로 태워드려야지요."

"어이쿠, 아직도 그거야. 아들 덕에 우주여행 공짜로 하게 생겼네. 그러려면 일찍 일어나서 부지런히 공부하고 좋은 친구도 많이 사귀어야지. 이렇게 늘 늦잠 자선, 꿈을 이루기 어려울걸. 날이면 날마다 혼자서 하늘만 보고 있으면 우주로 가나."

"대디, 학교도서관에 비치된 공상과학소설이나 우주에 관한 책들을 거의 다 독파한걸요. 꿈을 이루기 위해 나름대로 열심히 준비하고 있어요. 학교 클라스메이트는 그런 데 관심도 없고, 다들 유치해서 말도 붙이기 싫은걸요."

"그래도 세상에 나가면 인간관계가 중요하단다. 영원히 혼자

살 순 없잖니. 너랑 잘 맞는 애를 잘 찾아봐. 분명히 있을 거야. 정 힘들면 다른 학교로 전학이라도 해야겠지. 그리고 다른 꿈도 아직 포기하지 않은 거지?"

"대디, 당연하죠. 위성을 활용한 인터넷으로 지구촌을 하나로 연결해 어디서나 자유롭게 상호 소통하는 세상을 만들고 싶어요. 인터넷 전용 인공위성을 만들어 띄울래요. 구글이나 애플을 능가하는 기업을 만들 거예요."

"말만 들어도 배가 부르구나. 기분은 좋다만 목표가 너무 크지 않은지 모르겠다. 꿈을 크게 꾸는 게 나쁘진 않겠지만, 이젠 구체적인 실현 가능성도 고려해야겠지. 꿈이 큰 만큼 실망이 클 수도 있단다."

"그래도 반드시 꿈을 성취할 자신이 있어요. 대디, 두고 보세요"

"목표를 달성하면 그보다 좋을 수 없지. 나야 무조건 너의 성공을 응원하지."

"제 마지막 꿈도 아시지요. 친환경 에너지를 개발해 지구환경을 파괴하는 화석연료를 지구에서 퇴출할 겁니다."

"하여튼, 내 아들이지만 꿈은 원대하고 야무지다. 네 꿈을 꼭 이룰 수 있게 나도 최선을 다해 돕도록 할게. 아들, 힘내!"

엔지니어인 대디는 아들의 재능을 신뢰하긴 했지만 지나치게 낮은 확률로 인한 위험이 불확실한 미래의 불안감을 떨쳐내진 못했다. 하지만 개성이 강하고 의지가 굳은 아들을 만류할 자신도 없었고, 그에게 자신의 고루한 바람을 심어줄 자신도 없었다.

마이크는 십 대 중반에 컴퓨터 게임을 만들기 위해 프로그래밍을 배웠고, 대디로부터 선물 받은 컴퓨터를 이용해 자신만의 독창적인 게임 개발에 성공한 이력도 갖고 있었다. 그 작은 성공 경험이 프로그래밍에 대한 호기심과 학습에 대한 열정으로 계속 이어졌다. 그는 하드웨어에 대한 다양한 지식을 통달하고 독창적인 소프트웨어 개발에 도전해 성공을 거둠으로써 꿈을 실현해낼 수 있다는 자신감과 불확실 미래를 뚫고 나갈 수 있다는 확신을 얻었다. 순조로운 출발을 디딤돌 삼아 전인미답의 젖과 꿀이 흐르는 세계로 통하는 길을 향해 힘차게 나아갔다.

밤하늘에 매혹돼 꿈을 꾸던 마이크는 공상과학소설에 푹 빠져들었다. 세월의 흐름과 더불어 그 꿈을 활짝 펼칠 준비를 차곡차곡 해나가는 치밀함과 난관에 포기하지 않는 끈기도 아울러 갖췄다. 그는 보통사람의 눈에도 성공적인 앞날을 쉽게 예견할 수 있는 타고난 영재로 비쳤다. 유난히 별을 좋아한 유별난 천재는 넘치는 열정으로 마치 고삐 풀린 망아지처럼 남다른 창의력을 발휘해 세상을 바꾸기 위한 담대한 도전에 전력투구하고 있었다. 정규 교육 과정은 막 발동을 걸려는 그를 가로막은 장애물이었는지도 몰랐다.

마이크는 대학 진학을 일찌감치 포기하고 아버지의 창고에 최신컴퓨터 기기를 들여놓고 창업에 나섰다. 벤처캐피털에서 자금을 받아 설치한 정보통신 시설은 그의 비상을 도와준 날개였다. 평소 가까이 지내던 정보통신 귀재 스티브를 포섭하고자 작업장으로 그를 초대해 앞으로의 사업계획과 구상 그리고 비전을 제시하고 자신과 힘을 합치자고 설득했다.

"스티브, 내 꿈은 우주로 가는 거야. 함께 우주로 가지 않겠니?"

"마이크, 나도 당연히 가고 싶지. 그런데 그게 과연 가능한 얘기냐?"

"꿈이지. '혼자서 꾸는 꿈은 단지 꿈일 수 있으나, 함께 꾸는 꿈은 현실이 된다'는 말, 들은 적 없나? 다들 그렇게 말하잖아. 난 그 말을 믿어. 스티브, 난 너의 능력을 높이 평가해. 너와 내가 힘을 합치면 우주로 갈 수 있을 거야. 우리 한번 해보자. 세상을 확 바꿔보는 거야. 우리 같이 가자."

"마이크, 나도 네가 마음에 들어. 네 천재성을 인정하지. 그렇지만 난 기업가정신이 부족한 거 같아. 그냥 대학 가서 연구원으로 취직해 살까 봐."

"아, 그래? 그럼 내가 널 연구원으로 고용할게. 급여는 니가 원하는 만큼 줄게. 단, 외상으로, 꼬박꼬박 적립해서 십 년 후, 이자까지 쳐서 줄게. 됐지?"

"헐, 그걸 어떻게 믿어. 니가 성공해야 받을 수 있고, 확률이 낮고, 실현 가능성이 희박한, 일종의 옵션이잖아!"

"그게 틀린 말은 아니지만, 확률이 낮은 대신 페이가 천문학적이니 기댓값은 나쁘지 않을걸. 어쨌든지, 난 100% 성공할 거야. 믿어도 좋아."

"좋아, 그렇게 자신만만하다면, 네 사업 구상과 비전을 대강이라도 한번 말해 봐."

"그건 절대 다른 사람에게 말하면 안 되는 특급 비밀이야. 비밀 꼭 지킬 것, 하느님 앞에 맹세할 수 있지?"

"알았어, 마이크. 맹세할게. 얼른 이야기해 봐."

"4단계로 이야기할게. 일 단계, 50초 동영상 전용 사이트를 만들어 초기 자금을 모으는 거. 요즘 세대는 바쁘기도 하고 집중력이 낮아서 장시간 시선을 붙잡아두는 게 쉽지 않아. 장시간 붙잡아두려고 노력하기보다 단시간에 승부 보는 쪽을 선택하는 전략이지. 이 단계, 친환경 전기차 시장과 각 가정을 대상으로 자연에서 에너지를 축적한 배터리를 공급하는 거. 뭐냐 하면, 빗방울의 낙하 에너지와 벼락의 어마어마한 순간 에너지를 잡아 고스란히 축적한 후, 배터리에 나눠 담아 전기차 시장과 각 가정에 공급하는 사업이지. 전기가 교류에서 직류로 넘어가는 전환점이 되겠지. 삼 단계, 통신위성을 촘촘하게 띄워 글로벌 통신망을 장악해 아마존에서건 히말라야에서건, 상호 자유로운 통신이 가능하도록 하는 거. 사 단계, 우주선을 띄워 달과 화성에 인류를 이주시키고 태양계 관광을 실현하는 거. 이게 최종 목표야."

"마이크, 넌 꿈꾸는 천재야! 널 만나서 행운이야. 네 연구원으로 내 힘을 보탤게. 함께 끝까지 가보자!"

"함께 해줘서 고마워, 스티브."

"봉급은 이자까지 쳐서 주는 거, 잊지 마!"

"당연하지."

마사는 한국의 대구에서 태어나 세 살 때 미국 LA로 건너와 시민권을 획득한 미국인이다. 아버지는 자동차정비업에 종사하는 엔지니어로 오직 일밖에 모르는 고지식한 사람이고, 어머니는 한국에서 간호사로 근무한 경력을 인정받아 LA 대형병원에서 간호사로 취업해 일하는 억척스럽고 똑똑한 여인이다. 아버지가 기술자이고 어머니 또한 전문자격사인 데다 장기간의 치밀한 계획에 따라 자금도 꾸준히 저축해온 까닭에 그렇지 않은 사람보다 좀 더 수월하게 이민이 허용돼 시민권을 획득했다.

한국인의 유별난 교육열과 한국식 암기고육에 익숙한 부모의 영향으로 마사는 어려서부터 가성비 높고 밀도 높은 공부를 하며 자라났고, 그 과정에서 부모로부터 공부 지상주의적 사고방식을 자연스럽게 이어받았다. 다행스럽게도 마사는 타고난 지적 능력이 탁월했고, 호기심과 승부 욕도 강해 강제하지 않아도 자발적으로 필요한 지식이나 정보를 얻기 위해 부지런히 찾아다니며 열심히 공부했다. 어린 나이에 어려운 책을 지나치게 많이 본 관계로 부모가 오히려 말려야 할 정도였다. 수학과 과학에 특출한 재능을 보였을 뿐 아니라 컴퓨터와 소프트웨어에도 뛰어난 재능을 발휘했다. 또 그는 풀리지 않은 문제를 독창적인 방법으로 해결하는 일에 쾌감을 느끼는 일종의 도전형 인간이었다. 우수한 두뇌를 갖고 태어난 마사는 기존의 지식을 스펀지처럼 빨아들이며 무섭게 성장했다. 그는 건전한 사고에다 혁신적 창의성과 원대한 비전까지 장착한 입댈 데 없는 이른바 천의무봉의 천재라 할 만했다.

마사가 머리를 식히고 재충전하는 곳은 아버지의 개인작업장이라 할 수 있는 차고에 딸린 공간이었다. 아버지는 각종 자동차 부품과 기계류, 오디오 제품, 컴퓨터부품 따위를 가져다 놓고 만지작거리면서 고치고 조립하는 것이 취미였다. 마사는 그런 아버지 옆에서 거들고 심부름하는 걸 즐겼다. 거기에서 빈들거리다 보면 책과 인터넷을 통해 공부하느라 지친 두뇌가 릴렉스되고 힐링되는 듯해 버릇처럼 그곳으로 발길이 가곤 했다. 아버지가 없을 때, 혼자 컴퓨터를 분해하고 재조립해보기도 했다. 이는 자칫 간과하기 쉬운 아날로그적 감각을 익히고, 소프트웨어 프로그램에 매인 두뇌 속의 지식을 말초적 감각으로 보완하고 하드웨어적

기술의 경험을 쌓는 기회가 됐다.

마사는 고등학교를 졸업하고 실리콘밸리 인근의 명문 대학에 진학했다. 설레는 마음으로 대학에 입학해 강의를 들었지만 새로운 내용이 별로 없었다. 대학 생활에 흥미를 갖지 못해 크게 실망한 마사는 한 학기도 마치지 않은 시점에 대학을 그만두기로 마음먹었다. 부모에게 자퇴를 결심한 배경과 앞으로의 계획을 밝히고 대학 중퇴에 대한 양해를 구하고자 그 기회를 엿보고 있었다.

그러던 어느 날, 아들의 자퇴 이야기를 듣게 된 아버지는 깜짝 놀라 눈을 휘둥그레 뜨고선 그의 소매를 잡아끌고 가 거실의 소파에 앉혔다. 아버지는 마치 아들의 잘못을 추궁하듯 그 이유를 엄히 따져 물었다.

"아무나 들어가는 대학도 아니고, 세계적으로 명성 높은 대학인데, 갑자기 그만둔다니 그게 도대체 무슨 말이냐?"

"한마디로 배울 게 없어요. 돈과 시간만 낭비할 뿐입니다."

"고학년으로 올라가면 그렇지 않을 수도 있다. 그렇게 단언하긴 이르다. 잘 생각해야 한다."

"아빠, 4년 커리큘럼을 다 봤거든요. 제가 다 아는 것뿐이더라고요. 정말이지 배울 게 없어요."

"그래도 대학 간판이라도 따놓는 게 유리하지 않나. 취직하면 연봉도 더 높을 텐데…"

"아빠 아직 한국의 사고방식을 못 벗어나서 그래요. 여긴 미국입니다. 학벌이란 게 통하지 않아요. 오직 실력만으로 평가하는 자본주의의 본고장입니다. 대학 그만두고 창업해서 성공할래요. 창의적인 아이디어를 실현해 세상을 개혁할 방법을 찾아내려고 합니다. 아빠. 제발 저를 믿고 도와주세요."

"졸업하고 해도 늦지 않아. 너 엄마한테 얘기하면, 아마도 기절초풍할걸."

"그래서, 아빠한테 먼저 말씀드리는 거고, 도와달라는 거지요."

"남들이 창업한다면 잘한다고 칭찬했더니, 정작 내 아들이 창업한다니, 기가 막히는구나. 대학 졸업하면 구글이나 애플 같은 연봉 높고 안정적인 직장이 기다리고 있을 텐데, 그걸 내팽개치고 창업하겠다니, 정말 어이가 없구나."

"빌 게이츠도 중퇴했고, 스티브 잡스도 중퇴했지만, 크게 성공했지 않습니까. 정규과정을 거치면서 교육을 받았다면, 그들도 기존의 틀에 갇혀 살았을 겁니다. 저도 그들과 똑같이 성공할 자신이 있습니다."

"난, 빌 게이츠나 스티브 잡스 같은 사람, 안 부럽다. 니가 그렇게 되길 바라지도 않고, 그냥 모범적인 생활인으로 성실하게 살아가는 상류사회 일원이 되길 바랄 뿐이다."

"아빠, 이런 얘기, 안 하려고 했는데 결국, 하게끔 만드네요.

전 지금 성인이고, 부모 허락을 받지 않아도 무엇이든지 할 수 있는 나이입니다. 아빠, 엄마가 허락 안 해주셔도, 전 그만두고 독립하겠습니다. 아빠, 정말 죄송해요."

아버지로부터 마사의 최후통첩을 전해 들은 어머니는 직장에서 조퇴하고 귀가해 그의 결정을 돌려보려고 달래고 으르고 읍소하기까지 했으나, 요지부동이었다. 결국, 마사는 집을 나와 중국계 천재 프로그래머인 제리와 함께 샌프란시스코 교외의 창고에서 벤처기업 엠제이를 창업했다.

마사는 사업계획을 간명하게 정리해 봤다. 플랫폼 사업으로 기반을 다져서 드론과 로봇으로 충분한 자금을 확보한 다음 우주개발 쪽으로 진출한다는 야심 찬 계획이었다. 플랫폼은 경쟁이 치열해 새로운 아이디어와 가성비 높은 수익 모델을 도입해 다른 플랫폼과 차별화하는 일이 관건이었다. 부동산 직거래 플랫폼으로 특화하면서 그와 동시에 개별 부동산 중개업소에 사이버공간을 분양하는 몰을 아이디어 아이템으로 채택하기로 했다. 상호 적대적인 성격을 가진 아이템을 같은 가상공간에서 함께 취급한다는 것이 비상식적인 실험이긴 했지만, 그게 오히려 폭발력이 있을 것이란 기대도 없지 않았다.

다행히 엠제이의 모험은 센세이션을 불러일으켰다. 수수료를 부담스러워하던 잠재적 부동산매매자들이 입질을 해왔고, 가상

공간의 부동산 직거래를 반대하며 반감 내지 거부감을 표출해오던 오프라인 부동산 중개업자들도 서로 눈치를 보며 추이를 지켜보다가, 부동산 플랫폼의 회원이 급속히 증가하는 걸 확인하곤, 값싼 사이버공간에서 기득권을 지키고 좋은 브랜드 성가를 선점하기 위해 앞다투어 입점하기 시작했다. 마사의 부동산 플랫폼은 사회적 논란을 통해 노이즈마켓팅 기능을 수행하면서 마침내 대박을 터뜨렸다.

플랫폼 사업으로 안정적인 수입을 확보하고 어느 정도의 여유자금이 모이자 애초 계획한 대로 사업 다각화에 나섰다. 마사는 로봇 사업, 제리는 드론 사업을 맡았다. 각자 책임진 사업을 각각 창업하기로 상호 합의하고 바로 두 개의 새로운 독립법인을 진수시켰다. 비록 독자적인 사업 영역으로 분화해가긴 했지만, 그들은 플랫폼 사업을 함께 벌였고 장래의 목표를 공유한 동료이자 승부 욕이 강한 라이벌로 일종의 자웅동체와 다르지 않았다.

매주 월요일 오전 7시에 둘이 만나 아침을 함께 하면서 브레인스토밍을 함으로써 협력의 시너지를 극대점으로 끌어올렸다. 기발한 아이디어가 나오면 전문가적 검증을 거쳐 사업 아이템으로 채택하는 방식이었다.

"제리, 우주 사업은 우리 둘이 힘을 합쳐야 하지 않을까. 돈도 많이 들고, 자본의 회임 기간도 길고, 사업 위험도 엄청나게 커서, 혼자 하긴 버거울 거 같아."

"당연하지. 우리가 언제 남이었나. 같이 우주로 가야지."

"수익 모델이 난해하지 않니? 우리가 나사도 아니고 국가 예산을 갖다 쓸 수도 없고…"

"마사, 국가 예산을 못 쓰면 부자들 돈을 모아 쓰면 어떨까? 기업공개를 하고 상장한 다음, 대규모 증자를 통해 자본을 끌어모으는 한편, 우주여행 티켓을 갑부들에게 고가로 미리 팔아 추진 동력을 얻는 거야. 홍보 효과도 노리고."

"제리, 나도 그 생각을 했어. 굿 아이디어야! 우린 역시 찰떡궁합이야! 할 수 있다. 해보자!"

"성공을 위하여! 하이파이!"

마이크의 피프티세컨드는 신세대의 취향을 저격해 일약 최고의 플랫폼 기업으로 등극했다. 마이크는 삼십 대 초반의 나이로 포천지가 선정한 세계 2위의 갑부 반열에 오르고, 그의 아이디어를 실현하는데 큰 공을 세운 천재 스티브는 약속대로 한화 10여조 원의 보상을 받고, 갑부 반열에 이름을 올렸다. 마이크는 스티브와 영상통화로 수시로 의견을 나누곤 했다.

"스티브, 자연 배터리 사업과 위성통신 발사는 순조롭게 돼 가고 있겠지?"

"잘 알다시피 통신위성이야 계획대로 순항하고 있는 거고, 곧 전 세계 통신 시장을 상대로 고품질 상품을 공급할 거야. 자연 배터리는 완전히 실용화하기엔 아직 더 연구할 과제가 많이 있어, 연구진을 더 보강할 생각이야."

"피프티세컨드의 수익이 예상보다 더 방대해서 우주 사업에 자금을 더 투자해도 될 것 같아. 사업 구상을 편의상 단계적으로 추진하려고 구상했지만, 그걸 그 순서대로 그대로 하자는 건 아니잖아. 동시에 추진할 여력이 있으면 동시에 가는 거지. 시간이 기다려 주지 않아. 벌써 경쟁자들이 우주 사업에 뛰어든 건 알고 있겠지?"

"아, 마사와 제리 말이지. 엄청난 기세로 부상하는 앙팡테러블이야. 로봇 시장과 드론 시장을 장악하다시피 하더니, 요즘은 우주개발에 주력하는 인상이 들어. 벌써 우주여행 티켓을 팔고 있으니, 우리보다 한발 앞서가는 감이 드네."

"앞서가다니, 말도 안 돼. 우린 벌써 인공위성을 일만 오천여 개를 띄웠는데, 우리가 뒤졌다니! 그게 무슨 개망나니 같은 말이야. 한시바삐 우주왕복선을 띄워 달에 가고 화성에 가야지, 그리고 마사 녀석이 우주 여행객을 사기 비슷하게 모집하는 바람에. 비록 선수를 빼앗겼지만, 우린 안전을 모토로 우주여행의 이니셔티브를 잡자고, 우주여행은 안전이 최고 가치야. 갑부들이 엄청난 고액을 내고 우주로 여행가는 건데, 안전하게 집으로 돌아오도록 보장해야지 지갑을 열지, 안 그래? 스킵브! 알겠지!"

이즈음, 마사와 제리의 진영도 마이크 측 움직임에 민감하게 반응했다. 마사와 제리가 서로 만나 머리를 맞대고 대응책을 숙의했다.

"제리, 마이크가 급하게 움직인다는 정보를 들었거든, 우리도 빨리 서둘러야 할 거 같아. 다행히 우리가 출발이 빠르고 우주 여행객 예매 전략으로 지구촌에 널리 홍보가 잘 된 덕분에 일단 승기를 잡은 것 같지만, 사실 빛 좋은 개살구야. 우주 기술 개발은 저들이 우리보다 한 수 앞서 있을 수 있어. 저쪽은 통신위성 기술이 앞서있어서 지구 저궤도에 발사하는 초대형 우주발사체 스타십 발사를 성공한 만큼, 승객을 태울 수 있는 우주왕복선도 조만간 성공할 가능성이 크다고 봐야 하겠지."

"마사, 맞아. 나도 동감이야. 그렇지만 웨어러블 로봇 사업과 드론 사업에서 큰돈이 안정적으로 들어오는 데다 최초의 민간 우주개발 기업 코스모스를 상장해 총알을 비축해두고 우주여행 티켓 예매로 대박을 터뜨리며 전 세계 매스컴을 달군 탓에 우리도 만만하진 않지. 풍부한 자금을 바탕으로 뛰어난 과학자와 우수한 기술자를 더 보강해 연구개발에 박차를 가해야지."

"난 지고는 못 살아. 마이크에게 질 생각은 전혀 없어. 초심으로 돌아가 전력을 다해 뛰어보는 거야. 제리, 힘내자!"

두 천재의 틈바구니에 끼여 나사는 돈 먹는 하마로 몰려 눈총 받는 처지로 전락했다. 말하자면 나사는 민간 우주 사업의 최대 희생양인 셈이었다. 나사의 명성이 땅에 떨어지자 실력 있는 연구원과 기술자의 이탈이 잇따랐다. 나사를 나온 사람들이 새 일자리로 선택한 곳은 인터스텔라이거나 코스모스였다. 마이크가 이끄는 인터스텔라와 마사를 축으로 한 코스모스 간의 불꽃 튀는 우주 전쟁은 일약 세간의 관심사로 떠올랐다. 어느 쪽이 먼저 우주 이주 사업을 성공시킬 것인가가 관전 포인트였다. 두 사람의 숨 막히는 경쟁을 지켜보며 돈을 거는 호기심 많고 내기 좋아하는 호사가들이 많았다.

한국의 공중파 TV에서도 마이크와 마사의 우주 전쟁을 뉴스특집으로 심층 분석해 방영했다. 마사가 한국계 미국인으로 알려지자, 이 역사적 경쟁에 관심을 가지고 지켜보는 한국인이 더 많았던 까닭이다.

"야, 저거 재미있는데, 우주 전쟁에서 두 사람 중에 누가 승리할까? 난 마사가 이겼으면 좋겠다."

"나도 그래. 피가 물보다 진하다잖아. 나도 마사를 응원해."

"소망과 결과는 별개야. 마사가 이겼으면 하는 건 인지상정이고, 또 그랬으면 좋겠지만, 최종 승자는 마이크일 것 같은 예감이 들어. 벌써 통신위성을 일만 오천여 개 띄웠다니, 대단하지 않아?"

"그럴 수도 있지만, 우주기업을 창업해 증시에서 투자자를 모으고 우주여행 티켓을 미리 파는 걸 보면 마사는 아이디어와 추진력뿐만 아니라 경영 능력도 탁월한 거 같아. 덩치가 커지면 경영 능력이 한층 중요하거든. 난 마사가 승리할 거라고 봐."

"그래? 우리 심심한데 내기나 할까?"

"콜!"

"OK!"

"그럼 내기의 디테일을 정리해보자. 우주 이주는 너무 요원하고 우주여행을 내기 대상으로 하자. 우주여행 고객을 싣고, 최소한 번에 10명 이상의 고객을 싣고, 지구 궤도 밖 적어도 화성 바깥까지 나갔다가 무사히 지구로 귀환하는 걸 성공으로 간주하고, 내기에서 진 사람이 이긴 사람에게 금 열 돈을 주는 것으로 정하자. 난 마사, 넌 마이크에 거는 거다. OK?"

"OK. 이 내용을 각자 스마트폰에 녹음해서 저장해두는 게 깔끔하겠지. 널 못 믿는 건 아니지만."

"좋아, 그렇게 하자."

마이크는 국제 분쟁지역에 섣불리 발을 들여놓았다가 종교분쟁의 늪에 빠져 만신창이가 됐다. 최고경영자 겸 기업의 추동력인 마이크가 치명적인 소용돌이에 말려든 관계로 인터스텔라의 우주왕복선 추진에도 영향을 미쳤다. 마이크가 잠시 총기와 방향감을 잃고 헤매는 동안, 스티브가 대신 그 공백을 메워주는 역할을 하겠다는 듯 전면에 나섰다. 연구개발에 몰두하는 학자풍 천재 스티브는 그동안의 경험과 연구결과를 토대로 라이벌 기업인 코스모스와의 감정적 경쟁의 틀을 과감히 깨자고 제안했다. 평소 같으면 턱도 없는 일이었지만, 현실의 불합리한 장벽에 부딪혀 마음고생을 심하게 겪고 난 터라, 천하의 고집불통 마이크도 스티브의 말에 귀를 기울였다.

"마이크, 레드오션 시장이 된 우주여행에서 손 떼고 블루오션 시장으로 방향을 틀자. 화성에 우주 교도소를 지어 조건부로 국제형사재판소에 기부·채납한 다음, 세계의 흉악범 교정 업무를 수탁받아 운영하는 모델을 구상해 봤거든. 수익성이 부족한 부분은 다른 부수적인 일에서 벌충하는 거야. 지금 리튬을 비롯한 희토류가 부족해 가격이 치솟고 있는데, 화성에 매장된 희귀한 광물을 캐와 파는 거지. 광물 가공도 물론 현지에서 해야지 경제성과 효율성이 크겠지. 가는 길에 죄수와 함께 핵폐기물 등을 싣고 가서 거기에 버림으로써 그 폐기수수료를 챙기는 것도 또 다른 한 가지 수익 모델이야. 이게 성공적으로 자리 잡으면 관광객을 모집해 구경시켜주는 거지. 우주 관광 사업은 안전이 달린 문제이기 때문에 위험천만이야. 잘못하면 지금까지 쌓아 올린 공든 탑이 한 방에 날아갈 수 있어. 기술이 안정될 때까지 연기하는 게 현명해."

"좋은 아이디어 같은데, 구체적 실행 방법은 구상하고 하는 말이야? 화성에 가기도 힘든데, 거기서 건물을 짓는다는 게 우주여행 못잖게 난해한 일이잖니? 내가 고춧가루 뿌리자고 이런 말 하는 건 아니고, 솔직히 그게 말처럼 쉬운 일은 아니잖아. 스티브, 내 말에 동의하지?"

"마이크, 네 의혹은 당연하고, 나도 그 부분에 대해 깊이 생각하고 연구했지. 그래도 화성개발사업이 고객을 싣고 우주여행을 하는 것보다는 수월할 것 같아. 우주여형 고객이 보통사람이 아니고 세계적 갑부라 생각하면 안전 확보가 최우선이라는 점을 주목해야겠지. 우주여행은 마지막 단계로 유예해두자는 의도라 보면 돼."

"그럼 화성개발사업은 당장 실행 가능하다는 얘기야?"

"대충 스케치 정도의 그림은 그려둔 셈이지."

"화성의 기압은 지구 기압보다 약 100배 낮고, 그 대기층은 지구와 비교했을 때 매우 얇고 이산화탄소 포지션이 크고, 산소 포지션은 매우 적어, 자연상태에서 인간이 숨 쉬고 살 수 없지. 대기의 밀도가 낮은 까닭에 효과적인 대기 보호와 기온 조절도 어려워. 화성의 평균 기온은 약 영하 63도이고 극지방에서는 영하

140도까지 내려가더군. 태양과의 이격이 큰 데다 대기가 얇은 까닭에 열 보존이 어려워 온도가 급격하게 변동하는 특징도 있다더군. 생명체는 없지만, 광물 자원은 자세한 내용은 아직 미지수지만, 화성 전체가 광물 덩어리라는 점을 염두에 둬야겠지. 인간이 살기 적합하지 않기 때문에, 지구환경과 똑같은 공간을 인공적으로 건설해야 생존이 가능한 곳이라는 점은 명확해. 지금 우리 기술력으로 전혀 불가능하지 않아. 우주선을 쏴 화성 표면에 착륙한 후, 로봇을 투입해 레고블록을 쌓듯이 지구에서 가져간 방한 물질로 만든 패널을 짜 맞추는 거야. 기압이 지구의 거의 100분지 1로 물체의 무게가 엄청 가벼우니까 집짓기가 생각보다 쉬울 수 있을 거야. 희망적인 건, 활용해야 할 로봇과 드론, 인공지능의 발전 속도가 눈부시다는 사실이야. 마이크, 어때? 욕심이 나지 않니?"

"오, 벌써 연구를 많이 했구먼! 왜 이제야 얘기하는 거야. 니 말에 일리가 있어. 우주여행보다 화성 개발이 우선순위가 높은 거 같아. 니가 계획한 대로 밀어붙이자. 넌 역시 보기 드문, 하늘이 내게 보내준 최고의 선물이야! 해보자!"

한편 마사의 코스모스는 인터스텔라와는 사정이 달랐다. 이미 우주여행 티켓을 판 까닭에 물러설 수 없었다. 전사적 차원에서 인력과 자금을 총동원해 우주개발 사업에 매진했다. 그렇지만 우주산업이란 것이 자판기처럼 성과가 바로 톡 튀어나오진 않았다.

마사와 제리는 막대한 부에 둘러싸여 초창기의 패기를 잃어버린 데다 마음먹은 대로 속도가 나지 않는 우주산업에 대해 지치기도 해 머리를 싸매고 있었다.

"제리, 우주선 발사가 또 실패군. 벌써 몇 번째야! 우주개발 사업에 약간 회의가 생기네. 네 생각은 어때?"

"마사, 나도 너와 생각이 크게 다르지 않아. 우주 사업, 정말 질려! 그냥 여기서 포기하고 인공위성 주문제작과 발사 대행으로 방향을 틀자. 본전치기나 하며 버티다가 기회를 봐서 나사나 다른 국가에 처분하는 방법도 찾아봐야겠지. 인터스텔라도 방향을 살짝 바꿨다는 찌라시 첩보가 들어왔네. 우주산업을 왜 국가 주도하에 예산으로 수행하는지 조금 이해가 가는군."

"우주여행 사업을 포기하려면 이미 팔아먹은 티켓부터 우선 사들여야 하겠지. 우리 명성에 흠집을 낼 일이야. 주가는 곤두박질 칠 거고. 아이고 머리야! 생각만 해도 머리가 아프군."

"마사, 어차피 한 번 겪을 일이야. 우주산업이 상징성은 있지만, 수익성이 부족해. 우주에서 지구환경과 똑같은 행성, 인간이 그대로 거주 가능한 행성의 존재 가능성은 거의 없고, 가까운 행성에 가서 지구환경 공간을 인공적으로 조성해 인간이 거주하는 건 가능하다고 하더라도 경제성이 거의 없어. 화성에 지구환경 공간을 짓느니 그 돈으로 지구에 투자하는 게 훨씬 더 경제적이지. 지구가 아무리 오염되고 환경재해가 심해도 여기서 대응하는 게 더 현실적이야. 다른 행성에 지구환경 공간을 짓는 노력의 절반의 절반 정도면 바다 밑이나 강바닥, 고산 지대 등에 안전한 거주공간을 지을 수 있잖겠니. 아무리 기온이 변해도 달, 화성이나 금성 등 다른 행성보단 지구가 아무래도 생존하기 좋지 않겠어. 우주산업에 대한 미련을 버리고 우주로 가는 꿈은 깨끗이 접자. 우주여행은 머지않아 가능하겠지만, 시간과 돈이 많이 들고, 위험 부담도 커서 사업성이 높지 않아. 마사, 안 그래?"

"네 의견에 동의한다. 결심했다. 나사나 인터스텔라에 우주여행 사업을 깨끗이 양보하자."

"OK."

깊고 넓게 펼쳐진 하늘에서 별들이 조용히 내려다보았다. 푸른 하늘이 아닌, 검은 밤하늘에 수많은 별이 빛나고 있었다. 출처 불명의 기체와 휘황찬란한 조명으로 인해 별들이 빛을 잃어가는 밤이었다. 노랗게 빛나는 큰 별 옆에 하얗게 반짝이는 작은 별이 애교를 떨었다. 가끔 긴 꼬리를 늘어뜨린 여우 별도 보였다. 그 낭만과 아름다움에 반해 꿈을 꾸지만, 아무리 다가가려 해봐도 다가오지 않았다. 별은 가까이하기엔 지나치게 멀리 떨어져 있었다. 별이 어둠 속에서 더욱 빛을 발하는 까닭에 꿈이 그렇게도 아름다운지도 몰랐다.

둘
존재의 이유

 검은 하늘에 수많은 별빛이 바늘로 찌르는 듯 날카로웠다. 화성에서 우주를 바라보는 감회는 뭐라고 표현하기 힘들 정도로 미묘했다. 마치 다른 세상에서 새로 태어난 느낌이랄까, 그게 아니면 마치 꿈을 꾸는 기분이었다. 조그만 지구가 멀리서 아름답게 빛났다. 저 티끌 같은 빛 속에 무려 80억 명의 인간이 살고 있다는 사실이 도저히 믿기지 않았다. 지지고 볶고 땅따먹기하며 싸우는 인간 세상이 무상하다는 사실을 지구를 떠나와서야 비로소 깨달았다. 아빠에 대한 미움과 엄마에 대한 애틋함, 할매에 대한 미안함이 공허하게 다가왔다. 지구를 떠나 비로소 제대로 철이 든 것일까. 눈물이 절로 흘러내렸다. 그저 부끄러울 뿐이었다.
 화성국제유배수용소는 상상한 것보다 한층 더 안락했다. 정아

개인에게 화성국제유배수용소는 따돌림이나 학대, 빈부격차가 없는 평등한 세상이었고, 진정한 자유를 누리게 해주었다. 그런 면에서 화성은 지구에 비한다면 그야말로 천국과도 같았다. 어쩌면 자신은 격리해놔야 비로소 행복을 느끼는 별종인지도 모른다. 그렇다면 화성으로 유배 온 일은 생애 최고의 행운인 셈이다. 자살하지 않은 것이 천만다행이지 않은가. 비록 지구에선 사회를 좀먹는 기생충 내지 벌레와 다름없는, 인류를 병들게 하는 암적인 존재였지만. 이곳에선 꼭 필요한 희귀 광물을 채취해서 지구로 공수하고 지구 폐기물을 처리하는 일을 하는 제법 유익한 존재였다. 가슴이 뿌듯하고 살맛이 났다. 한심한 루저로 왕따나 당하던 천덕꾸러기가 이렇게 인류에 기여하게 될 줄은 꿈에도 생각하지 못했다.

까마득한 우주 공간으로 한 줄기 빛이 지나가며 선을 그었다. 그 빛 속에 지나간 일들이 파노라마처럼 펼쳐졌다. 정아의 망막 너머로 지나온 삶의 여정이 생생히 재생되었다.

정아네 집안은 산지기 후손으로 유력한 문중의 재실에서 대대로 살아왔다. 산지기라는 직업은 구시대의 사라진 유물에 불과했지만 정아네 집은 여전히 끈질긴 선대의 그늘을 벗어나지 못하고 있었다. 급속한 시대 변화를 따라가지 못하고 현상에 안주

한 결과, 그 낡은 구속을 벗어던질 만한 용기조차 없었다. 위토가 수용된 까닭에 묘사의 제물 준비와 약간의 소작료 부담은 없어졌지만, 선산의 관리라는 고유의무가 남아있는 탓에 산의 원형을 훼손하지 않는 한도 내에서 산을 활용할 수 있는 권한은 산지기에게 남아있었다. 비록 잘살 순 없었지만, 호구지책은 됐다.

타고난 능력도 없고 하고자 하는 의욕도 없는 데다 가방끈도 짧은 아빠에게 산지기는 어쩌면 안성맞춤이었다. 산지기는 거의 할 일이 없는 이름뿐인, 사라진 직업이었지만, 특정한 주인이 없는 문중의 산을 돌봐줘야 한다는 선대의 명분이 시대착오적인 산지기 직업을 정당화하는 핑계로 활용되었다. 그 이름뿐인 유령 같은 일을 아빠는 철밥통 천직으로 생각했다. 캄보디아 처녀와 결혼해 살게 된 것도 그 직업 덕분이니 충분히 그리 생각할 만했다. 다문화 가정이라는 무거운 굴레는 정아가 감당할 몫일 뿐이었다.

아빠는 몇 안 되는 토박이 시골 건달들과 어울려 술을 마시는 것이 일과였다. 늘 술에 취해 있는 듯 불콰했다. 나이가 들어가자 철이 들기는커녕 추악한 행패만 늘어갔다. 용돈을 조금밖에 주지 않는다고 엄마를 닦달했다. 사실, 식당 주방에서 최저 임금을 받고 일하는 엄마의 수입으로 얼마간의 용돈을 꼬박꼬박 챙겨주는 것만 해도 고마워해야 할 형편이었다. 네 식구가 먹고살기 빠듯한 처지를 뻔히 알면서도 아빠는 철없는 애처럼 자꾸 투정을 부리고 억지를 썼다. 그런 열악한 환경에서 정아가 고교나마 온전히 졸업할 수 있었던 건 순전히 무상교육, 무상급식 등 복지제도 덕분일 터다.

아빠의 불단이 폭행으로 변한 건 한순간이었다. 다니던 베트남 쌀국수 식당이 폐업해 실업수당을 받으며 근근이 연명하던 때였다. 엄마는 식당 일자리를 구하러 나갔다가 저녁 늦게야 귀가했다. 유행성 역병으로 많은 식당이 문을 닫거나 사람을 줄여 식당 일자리가 가뭄에 콩나듯 했다. 오래전 유행했던 팬데믹 이후 걸핏하면 이런저런 새로운 인수공용 유행성 역병이 지구촌에 출몰했다. 일자리를 못 구한 채 빈손으로 돌아온 엄마에게 아빠는 터무니없는 말로 엄마의 부아를 돋우었다. 바람난 게 틀림없다며 엄마를 들들 볶았던 터다. 안 그래도 한심하고 무능한 남편이 꼴 보기 싫어 울고 싶은데 때맞춰 뺨을 때린 꼴이었다.

엄마는 아빠를 향해 쌓여있던 불만을 한꺼번에 터트렸다. 이 화상아, 니가 인간이가! 돈은 못 벌어 와도 사람 염장이나 지르지 말아야지. 내가 지금 바람피울 정신이 있겠나! 대가리가 있으면 생각 좀 해봐라. 요즘 세상에 이게 사람 사는 기가. 희망이 절망인데, 지금 무슨 소리 하고 있노! 내가 전생에 무슨 죄를 많이 져서 니 같은 화상을 만났는지 몰라. 닌 남편이 아이고 원수다.

이 웬수야! 제발 쫌 나가 죽어라! 엄마가 마음먹고 대들었든 터라 말본새가 막장으로 치달았다.

욕이라면 아무래도 아빠가 엄마보다 한 수 위다. 나가 죽어라꼬! 이 년이 죽을라고 약 썼나! 주디를 확 찢어버리쁠라. 죽을라면 니나 나가 디져라! 이년이 어디서 대가리 쳐들고 눈까리 동그랗게 뜨노! 아빠가 주먹을 쥐고 때릴 듯이 팔을 쳐들자, 엄마도 분을 삭이지 못하고 두 주먹을 불끈 쥐고 부르르 떨었다. 때려봐라! 때려봐라! 순간, 허공에 멈춰 고민하던 아빠의 주먹이 엄마의 머리를 가격했다. 엄마는 소파 위로 쓰러지며 정신을 잃었다. 그렇게 싸움이 끝나긴 했지만 진짜 싸움은 그날부터 시작되었다. 사소한 의견 충돌에도 욕설이 오가고 주먹이 날아갔다. 욕설은 날이 갈수록 더욱더 독이 올랐고 폭행은 거듭될수록 마성에 중독되었다.

할매는 아들과 며느리의 싸움을 몇 번 달려보는 시늉을 했지만, 씨알도 먹히지 않았을뿐더러 힘도 부쳤던지 이내 단념했다. 어느 날부터인가 할매는 아침에 나가면 해 질 무렵에야 집으로 돌아왔다. 아들과 며느리의 싸우는 꼴을 보지 못해서 어쩔 수 없이 자리를 피하는 궁여지책을 쓴 터다. 할매는 인근 산에 올라가 시간을 보내다가 밤이 이슥해지면 내려와 집으로 들어오곤 했다. 그러다가 산 구석구석에 각종 농작물을 심어 가꾸게 되었고,

언제부턴가 그게 직업처럼 돼버렸다. 할매는 늘 피곤해했고 저녁을 먹곤 방으로 들어가 문을 잠그고 바로 잠자리에 들었다. 밖에서 떠들썩하게 싸워도 전혀 개의치 않고 방에서 나오지 않았다.

정아는 아빠의 욕구불만이 엄마에 대한 학대와 폭행으로 변해가는 모습을 지켜보며 몸을 떨었다. 부모의 싸움이 육탄전 양상을 띠어가자 자식 된 도리랄까, 어쨌든지 중간에서 말려보려고 애를 써보았지만 아무 소용이 없었다. 울기도 하고 소리도 질러보았지만 무용지물이었다. 얼마 지나지 않아 곧 내성이 생겼다. 어느덧 무덤덤해지고 으레 그러려니 여기게 된 것이다. 싸울 듯한 기운이 감지되면 얼른 옷을 입고 밖으로 나와 산으로 올라가 버렸다. 산은 할매와 정아의 피난처였다. 집 인근 야산을 따라 둘레길이 잘 조성돼 있어 산책하기 좋았다. 둘레길을 느린 걸음으로 한 바퀴 돌면 거의 한 시간이 걸렸다. 가다가 벤치에 걸터앉아 정신을 놓고 멍하니 있다 보면 서너 시간이 절로 흘러갔다.

아빠와 엄마의 싸움은 거의 격투기를 연상할 정도로 발전했다. 아빠가 엄마를 벽에 밀어붙이고 목을 조르자 엄마는 아빠의 낭심을 걷어차고 빠져나왔다. 헛웃음이 절로 나왔다. 싸우는 두 사람을 뒤로 한 채 집을 나와 둘레길로 들어섰다. 가벼운 옷차림으로 나온지라 산의 찬 기운이 몸속으로 스며들어 발걸음을 빠르게 재촉했다. 땀이 조금 날까 말까 할 때쯤 마침 빈 벤치가 정아를 유혹했다. 주택가와 아파트 숲이 멀리 내려다보이는 곳이었다. 맥을 풀고 앉아 목을 젖히고 하늘을 쳐다봤다. 구름 아래로 어둠의 그림자가 드리우기 시작했다. 그녀의 신세가 비바람을 몰고 오는 먹구름 같다고 생각했다.

이제 도대체 무엇을 해야 하나? 대학 진학은 언감생심이고 돈을 벌려고 해도 호락호락하지 않다. 머리도 나쁘고 작달막한 키에 얼굴도 못생긴 데다 소위 다문화 출신이고 보니, 어디 한군데 내세울 것이 없다. 한숨밖에 나오지 않았다. 정아에겐 알바 자리도 하늘의 별 따기였다. 세상천지에 믿고 의지할 사람은 한 명도 보이지 않았다. 부모 찬스는 고사하고 허구한 날 쌈박질로 세월을 보내는 부모를 생각하면 살고 싶은 생각이 하나도 없다. 가슴이 저릿저릿하고 눈물이 눈가에 고였다.

뛰어난 재능에 부모 재산까지 빵빵한 금수저 집안에 태어난 사람도 많은 데 가진 것 하나 없는 가난뱅이 다문화 가정에 머리까지 나쁜 흙수저로 태어난 게 억울하고 분했다. 운동신경도 없을뿐더러 가창력도 꽝이었다. 외모 만능주의가 휩쓸고 있는 세상에 비주얼이라도 갖추고 태어났으면 한 줄기 희망이라도 가질 텐데… 엄마 아빠는 도대체 날 왜 낳은 거야! 생각할수록 분통이 터지고 미칠 지경이었다. 가진 게 없고 유전자도 나쁘면 자식을 낳지 말아야지. 책임도 못 질 걸 대책 없이 싸질러놓고 나 몰라라, 하는 엄마 아빠가 미웠다. 어떤 일이 있어도 난 절대 아이를 낳지 않을 거야. 기회가 닿으면 나팔관을 묶어버리든지 해야지. 정아는 주먹을 불끈 쥐었다.

비관적인 생각이 꼬리에 꼬리를 물고 이어졌다. 그런 와중에 누군가 옆자리에 앉았다. 선글라스에 하얀 모자를 눌러 쓴 머리가 희끗희끗한 할아버지가 정아를 힐끗거리며 혼잣말로 중얼거렸다. 야, 여기 경치가 죽이네. 보는 눈이 비슷한 모양이야. 아가씨가 보는 뷰나 내가 보는 뷰나 똑같네. 늘상 이리 다녀도 여긴 오늘 처음 앉아보네. 다 아가씨 덕분이야. 그렇지 않아요, 아가씨. 선글라스를 한 할아버지가 정아를 돌아보며 작업을 걸었다. 끝에 싱긋 웃기까지 했다. 정아는 대답을 하지 않고 앞만 바라보았다. 영감은 머쓱한 듯 모자를 고쳐 쓰더니 굳은 표정으로 일어섰다. 숨을 돌렸으니, 이제 설설 내려가 볼까.

몸을 파는 방법도 한 가지 선택지이긴 하다. 비록 못생기긴 하지만, 젊은 여자라는 장점이 있으니 어느 정도 통하지 않을까. 매춘은 여자가 선택할 수 있는 최후의 생계수단이다. 마음은 있지만, 썩 내키지 않을 뿐만 아니라 불법적인 일이고 그 연줄을 찾기도 쉽지 않다. 인터넷으로 매춘 사이트에 들어가 길을 탐색해볼 수 있지만, 프라이버시 공개 소지가 다분히 있고 믿음이 없는 상태에서 섣불리 속내를 내비쳤다간 뜻밖의 불상사가 발생할 소지도 있다. 사이버수사대가 엄청 무섭다는 말을 들은 터였다. 친구를 통해 알음알음으로 은밀한 유혹의 손길이 다가온다면 과감히 뿌리칠 용기는 없다. 하지만 친구가 거의 없는 외톨이 신세라 그런 유혹을 해올 친구는 없다. 아무리 그래도 그렇지 그건 못하겠다. 몸을 파느니 차라리 죽고 말지. 죽는다고 생각하니 나쁜 씨를 퍼트린 아빠와 함께 죽어야 한다는 생각이 불현듯 스쳐 지나갔다.

극단적인 생각을 하다 보니 사위에 어둠이 깔려왔다. 둘레길에 설치된 가로등에 불이 켜졌다. 격렬한 전투가 지나가고 지금쯤 소강상태일 터다. 정아는 산에서 내려와 발꿈치를 들고 숨을 죽이며 집안으로 숨어 들어갔다. 태풍이 지나간 후에 찾아오는 적막감이 거실에 감돌았다. 엉망이 된 거실을 대충 정리하고 할매 방을 열고 들어갔다. 할매는 여느 때와 같이 귀마개를 하고 눈을 감고 누워 있었다. 할매, 자나? 정아 왔다. 할매는 진짜 자는 듯했다. 청상에 과부돼 혼자 아들 하나 키우며 살아온 할매가 가여웠다. 베트남에서 시집온 할매는 피붙이 하나 없었다. 정아는 할매의 거친 손을 잡았다. 절로 눈물이 흘러내렸다. 불쌍한 할매, 저것도 아들이라고. 할매나 나나 이번 생은 조졌다. 정아는 할매 옆에 바짝 붙어 무거운 눈을 감았다.

집으로 들어가는 길이 싫어졌다. 고개를 숙인 채 무거운 발걸음을 옮겼다. 발이 천근만근 무겁다. 아빠 혼자 술에 취해 거실 소파에서 코를 골았다. 할매는 아직 산에서 내려오지 않았고 엄마는 일하러 나갔다 아직 돌아오지 않았다. 엄마는 식당 일자리가 없으니 시골 농가의 밭일을 나가는 모양이었다. 가끔 할매를 따라 산으로 가서 텃밭 일을 돕기도 했지만, 고부간에 서로 마음이 맞지 않았다. 시골 밭일은 비록 거칠지만, 일손이 부족해 일당은 괜찮은 편이라 했다. 다만 일이 연속적이지 못해 공치는 날이 많았다. 한시가 다르게 눈부시게 발전하는 세상, 화성에 교도소까지 들어선 시대에 우리 집만 원시시대로 거꾸로 가는 거 같았다.

잘 때면 눈이 떠지지 않길 빌었다. 그럼에도 불구하고 아침이면 어김없이 눈이 떠졌다. 세상에 원하는 대로 되는 일이 하나도 없었다. 정아는 영화나 보면서 시간을 때우려고 군립도서관으로 향했다. 도서관 문이 굳게 닫혀있었다. 세계를 휩쓸고 있는 그 몹쓸 역병 때문이었다. 에이 씨팔, 뻑하면 역병이고. 잡아가려면 꼴 보기 싫은 년놈들 싸그리 쓸어가든가, 세상을 확 엎어놓든가… 바이러스 새끼들 노는 꼬라지도 마음에 안 들어. 제기랄! 절로 욕이 나왔다. 특별히 가야 할 곳이 없었다. 둘레길로 가려다가 최근에 리모델링한 인근 공원으로 발걸음을 옮겼다. 공원 벤치에 앉아 오고 가는 사람들을 바라보았다. 다들 어딘가로 부지런히 가고 있었다. 가야 할 곳이 있고 해야 할 일이 있는 사람들이 부러웠다.

고등학교 졸업 이후 9급 공무원 시험을 준비한다고 했지만, 실현 가능성이 거의 없었다. 대학을 나온 머리 좋은 사람들이 죽기 살기로 공부해도 공무원 시험에 합격하기 힘들다는데, 고등학교도 겨우 마친 머리 나쁜 정아로선 기대난망이었다. 졸업 후 몇 달째 세월을 까먹고 있지만, 뾰족한 방법이 보이질 않았다. 거리에 늘어선 가게를 둘러봐도 정아가 할 만한 게 없다. 밑천이 없어서 안 되고 자격증이 없어서 못 한다. 엄마를 따라 밭일이라도 나갈까. 하지만 그래도 아직은 때가 아니다. 기초생활보조금을 받고, 엄마가 조금 보태는 데다 할매가 각종 밭작물을 거둬오고 코 묻은 돈이나마 보태니 입에 풀칠은 한다. 정아는 자신이 기생충이라는 생각이 들었다.

배가 고프다. 무료급식이 많았다던데, 유행성 역병으로 다 없어졌다. 집으로 가서 밥을 먹고 다시 나와야 할 것 같다. 국민소득이 5만 불이 넘는다는데 우린 이게 뭐지. 5만 불에 대략 환율 1천2백 원 쳐도 연봉 대충 6천만 원이고, 4인 가족이면 2억4천만 원이다. 우리 집 몫은 누가 다 빼앗아간 걸까. 그 반의반만 벌어도 좋겠다. 나라에서 기초생활보조금이라도 받아 그나마 목구

멍에 거미줄은 치지 않고 먹고사니, 그만해도 다행인 걸까.

아빠는 퀭한 눈으로 소파에 앉아 소주병을 들고 있었고 탁자엔 먹다 만 쥐포가 널브러져 있었다. 밥 먹으러 왔나. 그나마 말을 붙여주니 저 인간이 그래도 가족은 맞는 갑다. 언제부턴가 TV에선 허구한 날 트로트 노래가 흘러나왔다. 본방에 재방, 시도 때도 없이 틀어놓는 통에 우리 집 TV가 트로트 전용인지 착각할 정도다. 아빠가 애써 채널을 찾아 튼 까닭이겠지만. 노래라도 잘한다면 좋으련만…

싱크대 설거지통에 밥그릇이 담겨있는 걸 봐서 아침인지 점심인지 알 수 없지만, 아빠가 밥을 먹은 건 확실했다. 정아는 말없이 밥통에서 밥을 퍼 담았다. 연명하기 위해 이렇게라도 먹어야 하는 현실이 서글프다. 무언가 결단을 해야 할 때였지만, 정아는 밥만 우걱우걱 구겨 넣었다. 결기가 없는 자신에게 화가 났다.

날이 어두워져도 엄마는 집으로 들어오지 않았다. 엄마는 이 질퍽하고 끈적이는 늪 속을 영원히 탈출한 것인지도 모른다. 어쩌면 축하할 일이다. 나보단 훨씬 낫다. 아빠는 다소 당황해하는 듯 보였지만 큰 걱정을 하지 않았다. 기초생활보조금이란 믿는 구석이 있으니 그런 모양이다. 정아는 엄마가 이용하던 면소재지 아웃소싱 인력회사 사무실로 찾아가서 엄마를 수소문해 보았지만, 엄마의 행방을 찾지 못했다. 엄마를 집으로 데려오겠다는 의도가 아니고 엄마와 함께 이 끔찍한 고통의 소굴을 벗어나고 싶어서다.

엄마가 집을 나가자 엄마의 역할을 정아가 떠맡았다. 집안일은 예상한 터였지만, 아빠의 술주정은 전혀 예상 밖이었다. 정아의 의지완 관계없이 아빠의 주사는 갈수록 심해져 갔다. 결국, 갈 데까지 가는 상황으로 치달았다. 술에 만취된 아빠가 잠든 정아에게 다가와 겁탈을 시도했다. 이 짓거리도 엄마의 역할로 정아가 인수인계해야 하나. 정아 나이 열아홉 살이다. 아무리 여자라 해도 완력만으로 쉽게 당할 나이는 아니다. 정아는 오른쪽 무릎으로 아빠의 정낭을 걷어찼다. 아빠는 비명을 지르며 나가떨어졌다. 그 틈을 타 정아는 겉옷을 걸치고 집 밖으로 피신했다. 못난 놈, 참 가지가지 한다. 못생긴 친딸에게 흥분이 되고 그 물건이 불뚝 서는 게 도대체 이해가 되지 않았다. 과연 내가 저 인간의 친딸이 맞나? 정아는 공원 벤치에 앉아 날밤을 세며 살 방도를 밤새도록 연구했으나 뾰족한 묘책이 떠오르지 않았다.

집을 나가는 건 쉽다. 하지만 어디서 무엇을 하고 살지를 생각하면 결코, 만만하지 않다. 제일 큰 문제가 잠자리와 먹거리다. 둘 중에 하나라도 해결되면 그래도 결행해볼 여지가 있을 것 같다. 둘 다 막막한 상황에서 가출은 그야말로 맨땅에 헤딩이다.

종교시설에 의탁하는 방법도 한 가지 해결책이다. 절집으로 들어가는 방법이 그나마 수월하지만, 그것도 웬만해서는 결심하기가 쉽지 않다. 제일 큰 장벽은 정아의 극히 내성적이고 산만한 성격인지도 모른다. 엄마가 그래도 자기보다 낫다. 자리를 잡으면 언젠가 연락해올지도 모른다. 결론 없는 고민과 고뇌만 되풀이됐다.

정아는 못난 자신을 탓하면서 결국, 눈 꾹 감고 집으로 들어갔다. 제일 견디기 힘든 일을 소가 도살장에 끌려가는 상황에 비유하지만, 그녀의 처지가 그보다 훨씬 더 참혹할 것 같았다. 생각은 막장으로 치달았다. 그냥 눈 딱 감고 아빠 목을 긋고 나도 죽어버릴까 보다. 그건 단지 생각일 뿐이고 바로 행동으로 연결되지 않았다.

그 일이 있고 난 후, 아빠는 얼굴에 철판을 깐 듯 더 뻔뻔해졌다. 시도 때도 없이 대놓고 껄떡거렸다. 잠자리를 거부한 데 대한 보복을 하기라도 하듯 정아를 더욱 구박하고 학대했다. 걸핏하면 욕설에 손찌검도 서슴지 않았다. 욕설과 폭행은 갈수록 심해졌다. 할매가 나서 막아서기도 하고 작대기를 들고 아빠를 때리기도 했지만, 그것도 그리 오래가지 못했다. 어느 때부턴가 아빠는 할매 손에서 막대기를 빼앗아서 오히려 할매를 때렸다. 한번 길이 나자 패륜도 예사로 행했다. 마지막 장애물과도 같던 할매까지 힘으로 제압하자 아빠는 고삐 풀린 망아지마냥 설쳐댔다. 틈만 나면 정아를 겁탈하려고 애를 썼다. 아빠는 점점 통제할 수 없는 짐승으로 변해갔다. 정아와 할머는 도어락과 별도로 튼튼한 자물쇠를 별도로 방 안쪽에 설치해 잠그고 살았지만, 그래도 불안했다.

아무리 대비하고 조심해도 남자의 완력을 지속적으로 매 순간 당해내기는 거의 불가능하다. 같은 공간에서 생활하는 가족이라면 더욱더 감당이 어렵다. 할매가 산에 간 사이, 아빠가 대놓고 덤벼들었다. 미리 단단히 준비한 듯 호신용 전기충격기로 정아를 제압한 후 일을 벌였다. 잠시 정신을 잃은 틈을 타서 달아오른 살덩이를 삽입해 둘을 합체했다. 일단 삽입이 이뤄지자 정아는 파김치처럼 늘어졌다. 눈물이 절로 났다.

아빠는 쌓여있던 정액을 배출해내곤 큰대자로 퍼졌다. 막상 일을 저지르고 보니 양심이 조금 꿈틀거리는 모양이었다. 정아가 서럽게 우는 걸 보고서 겁이 난 듯도 하다. 목을 맬까 봐 걱정하진 않겠지. 경찰에 고발한다든지, SNS에 올린다든지, 그런 일로 자기에게 해가 돌아올까 봐 겁날 테지. 설마? 설마가 사람 잡는다.

일을 치른 아빠는 강아지처럼 꼬랑지를 내리고 살살거렸다. 엄마가 나가서 돌아오지 않으니 정아 보고 대신 엄마 노릇을 해달라고 통사정했다. 남자는 정기적으로 그거 안 빼 주면 돌아버린다니깐! 니가 아빠 좀 봐줘라. 비록 딸이긴 하지만, 사정이 딱하니, 니가 엄마 역할을 해야지. 내가 앞으로 정말 잘해줄게. 오늘은 내가 무리를 했는데, 앞으론 정성을 다해 사랑해줄게. 이왕 이렇게 된 거, 우리, 그냥 부부로 알콩달콩 살면 안 되겠니.

이슬비 부슬부슬 내리는 늦은 오후였다. 정아는 무거운 마음으로 집으로 들어갔다. 왠지 마음이 평소보다 더욱 우울했다. TV는 켜져 있었고 아빠는 술에 취해 소파에서 자고 있었다. 젊은 미남 가수가 트로트를 열창하고 있었다. 잘 있거라, 나는 간다, 이별의 말도 없이~ 이별이란 말에 정아는 정신이 번쩍 들었다. 이젠 더이상 물러설 곳이 없다. 그동안 벼려왔던 계획을 마침내 결행할 때가 된 것 같다. 다른 방법이 없다. 머릿속으로 골백번도 더 생각하고 생각했지만, 머릿속 생각처럼 그 결행이 쉽지 않다.

지옥 같은 기억들을 애써 떠올렸다. 이번 기회를 놓치면 이런 기회는 다시 오지 않는다. 이젠 그만 끝내자. 정아는 부엌으로 가서 식칼을 들고 거실로 왔다. 칼을 쥔 손이 부르르 떨렸다. 정아는 있는 힘을 다해 아빠의 목을 식칼로 내리꽂았다. 억! 허억! 아빠는 눈을 번쩍 떴지만, 일어나지 못하고 손발을 내저었다. 검붉은 피가 치솟았다. 정아는 놀라고 급한 마음에 아빠의 가슴을 거듭 내리찍었다. 목과 가슴에서 검붉은 피가 솟아 나왔다. 아빠는 더이상 움직이지 않았다. 결국, 이렇게 끝나는가. 다리가 풀렸다. 허탈했다.

  사후 시신 처리가 문제였다. 혼자 들 수도 없고 끌고 가기도 힘들었다. 우선 비닐을 깔고 그 위로 시신을 굴렸다. 부득불 시신을 토막 내야만 했다. 토막 살인은 어쩔 수 없는 선택임을 실감했다. 흘러나오는 피를 감당할 수 없었다. 붉은 피가 혐오스러웠다. 선짓국이 생각났다. 피를 삶으면 고체가 된다는 의미다. 절박한 상황이 본의 아니게 엽기로 몰아갔다. 찌든 타월 따위를 삶던 대형 찜통이 생각났다. 찜통에 물을 반쯤 받아 가스 불에 올렸다. 눈을 감기고 목을 잘라 머리통을 분리해 찜통에 넣어 삶았다. 구수한 냄새가 진동했다. 삶아내니 피가 굳어져 시신을 다루기 훨씬 좋았다. 차마 하지 못할 것 같은 일도 막상 시작하고 나니 별 게 아니었다. 오히려 그게 사람을 더욱더 대담하게 몰아붙였다. 시신을 이리저리 자르고 살을 발라낸 다음 살덩어리를 끓는 물에 넣고 삶아냈다. 다 삶긴 것은 화장실에 임시로 쌓아두었다. 삶아낸 시신을 카트에 싣고 나가 인근 산기슭에 묻었다. 하늘가에서 까마귀가 빙빙 돌았다.

  비닐 위에 괸 피를 잘 수습해 마당에 내놓았다. 비닐 장판의

바닥에 묻은 피를 헌 옷으로 닦아내고 피 묻은 소파 커버를 모두 걷어냈다. 핏덩이를 싼 비닐, 피 묻은 옷과 소파 커버는 마당에 쌓아놓고 교과서 책을 불쏘시개 삼아 함께 태웠다. 검붉은 불꽃이 정아를 삼키기라도 하듯 사납게 흔들렸다. 불꽃은 한 소쿠리의 검댕을 남긴 채 이내 스러졌다. 검댕을 비로 쓸어 산기슭에 갖다 버렸다. 외딴집이라 남의 눈을 의식하지 않고 처리하다 보니 그 뒷수습이 비교적 수월했다. 집안의 흔적을 없애고 난 후 샤워를 하고 나오자 잠이 쏟아져 죽을 것 같았다. 정아는 방에 쓰러져 깊은 잠에 빠져들었다.

할매가 정아를 흔들어 깨웠다. 정아는 죽음에서 깨어난 사람마냥 놀라 일어났다. 할매, 내 무서운 꿈을 꿨다. 할매는 내막을 짐작하고 있는 듯 했지만, 전혀 내색하지 않았다. 할매는 아빠의 행방에 대해서 마치 다 아는 듯 묻지도 않았다. 소파 커버가 왜 다 벗겨져 있는지, 마당에 무엇을 태웠는지, 관심도 없어 보였다. 어떻게 보면 도가 튼 도인 같았고, 어떻게 보면 정신이 나간 광인 같았다.

정아는 넋을 잃고 앉아 반사적으로 TV를 켰다. 낯익은 스타가 나오는 할리우드 영화가 방영되고 있었다. 제법 알려진 폭력물이었지만 왠지 시시하게 느껴졌다. 화면도 눈에 들어오지 않았다. 잠은 도망가 버리고 다시 찾아오지 않았다. 불을 끈 채 소파에 앉아 뜬눈으로 꼬박 밤을 새웠다. TV는 밤새도록 열심히 제 소명을 다했다. 정신이 명료했지만, 전날 하루 동안 일어난 일들이 마치 꿈을 꾼 것처럼 기억 속에 몽롱하게 어른거렸다. 할매도 잠을 이루지 못하는 듯 밤새 뒤척거리며 수시로 기침을 해댔다.

정아의 머릿속엔 한 편의 영화가 파노라마처럼 돌아갔다. 그것은 할아버지의 할아버지의 할아버지의 할아버지의 할아버지쯤 되는 할아버지가 그 자식들에게 들려준 이야기였고, 그런 식으로 대대로 구전된 가문의 탄생 신화와도 같은 슬픈 옛날이야기였다.

의병 무리에 묻혀있으면 굶어 죽을 일은 없었다. 싸움만 잘하면 대접받는 세상이었다. 전쟁은 신분에 얽매여 살던 강쇠에게 잠재해 있던 싸움 본능을 일깨워주었다. 왜놈을 찌르고 때려눕히는 일은 처음엔 두렵고 망설여졌지만, 이력이 나자 꽉 막힌 가슴을 탁 터주었고 통쾌한 기분마저 들었다. 죽창이라도 들고 다니면 무서울 것이 없었고, 난리 통에 가족을 잃고 유리걸식하는 처자라도 만나면 회포를 푸는 일도 심심찮게 얻어걸렸다. 한 여자를 두고 돌려가며 굶주린 성욕을 채우다가 본의 아니게 시신을 묻어야 하는 경우도 간혹 있었지만, 말썽 없이 그냥 넘어갔다. 전쟁이란 특수 상황이 악마적 일탈을 덮어주었다. 기존 질서를 깨는 전쟁이 잃을 것이 없는 자에겐 나쁜 일만은 아니라는 사실을 몸으로 느꼈다.

왜적이 물러가자, 의병 무리는 뿔뿔이 흩어졌다. 다들 고향을 찾아갔지만 강쇠는 고향으로 갈 처지가 못 됐다. 사실, 찾아갈 피붙이도 없었다. 산천은 변하지 않았다지만 강쇠를 반기는 곳은 하나도 없었다. 일탈과 파격의 시간은 가고 답답한 일상이 돌아온 터다. 땅이라도 가진 지주들이야 고향으로 돌아가면 비빌 언덕이라도 있겠지만, 송곳 꽂을 땅뙈기도 없는 강쇠로선 난리가 끝나자 오히려 막막했다. 아무 생각 없이 이리저리 떠돌다간 영락없이 굶어 죽을 판이었다.

산등성이가 순하고 계곡의 물이 맑았다. 강쇠는 먹을거리를 많이 품고 있을 법한 산을 유심히 돌아보았다. 한 사람 먹고살기엔 넉넉할 듯 보였다. 천천히 산을 둘러보니 논농사를 지을 정도는 되지 않았지만 감자, 옥수수 정도는 심어볼 만했다. 밤나무, 떡갈나무 등 유실수가 간간이 흩어져 있었고, 쑥, 버섯 등 먹을 만한 것들이 적잖게 눈에 띄었다. 습한 곳엔 뱀이 많이 있을 법 보였고 토끼나 사슴, 멧돼지 등 소소한 동물도 살기 적합한 환경이었다. 어쨌든지 굶어 죽을 일은 없어 보였.

산 주인이 왜놈 손에 죽었기를 바라며 북풍을 막을 수 있고 볕이 잘 드는 산기슭에 기거할 움집을 만들었다. 만약 주인이 나타나면 마름 노릇이라도 하든가, 아니면 떠나든가. 복불복이다. 그런 걱정을 할 때가 아니지. 강쇠는 혼잣말로 중얼거렸다.

어느 날, 강쇠가 나무에 올라 다래를 따고 있는데 웬 여인이 홀로 산으로 들어와 머루를 따 먹고 있었다. 강쇠는 재빨리 나무에서 내려와 다짜고짜로 여인을 안고 뒤로 밀쳤다. 여인은 잠시 반항하다가 이내 강쇠에게 몸을 맡겼다. 일을 끝내고 살펴보니 어린 처자였다. 열네 살이라고 했다. 전란 중에 가족을 잃고 혼자 돌아다니다가 강쇠를 만난 것이다. 강쇠는 여기서 함께 살자고 했다. 내 힘 좋다. 니 하나는 안 굶기고 살 수 있다. 여기서 정붙이고 열심히 살다 보면 살 만할 끼라. 사는 기 별 거 있나. 내 진짜 잘 해 줄게. 강쇠는 처자의 손을 잡고 절실한 표정을 지으며 통 사정하다시피 했다. 처자는 마지못해 고개를 끄덕였다.

강쇠가 자리를 잡고 산 지 근 일 년이 지난 어느 날, 산의 주인이라는 갓 쓴 노인이 찾아왔다. 노인은 이 산은 자기 문중의 산인데 허락도 없이 들어와 살면 안 된다고, 당장 나가라고 했다. 강쇠는 하늘이 무너지는 듯했다. 방안에서 임신한 아내가 걱정스러운 눈으로 내다보았다.

노인은 강쇠의 고향과 내력을 물어보곤 안쓰러운 듯 한숨을 내쉬더니 어렵사리 한 가지 제안을 내놨다. 벌초를 하고 문중 산을 잘 관리할 자신이 있으면 정식으로 산지기를 하라는 것이었다. 홍의장군 밑에서 왜병과 싸웠다는 사실이 점수를 딴 모양이었다. 강쇠는 노인에게 머리를 조아리며 그렇게 하겠다고 말했다. 주인 어르신, 충성을 다해 모시고 따르겠습니다. 고맙습니다. 감사합니다. 이 상황을 걱정스럽게 지켜보던 그의 아내도 노인에게 무릎을 꿇고 큰절을 올렸다.

갓난아기의 분변처럼 생겼다고 이름 붙인 동분산은 나지막한 산이다. 비록 완만한 민둥산이지만 언덕이랄 수 없는 위엄이 있다. 뭉텅한 능선이 끊어질 듯 이어져 큰 산과 연결돼 맥을 형성하고 있는 까닭에 지기가 몰리는 명당이라는 설이 있는 곳이다. 그래서 그런지 동분산 인근에 신도시가 조성되고 아파트 단지가 빼곡이 들어서서 땅값이 다락같이 올라 인근 토박이들이 부동산 졸부가 되었다. 동분산은 개발제한구역이어서 개발이 제외된 지역으로 남아있지만, 땅값은 개발이 반쯤 반영된 상태다. 머지않아 제한이 풀리고 개발이 될 것이라는 기대감이 땅값을 부추긴 탓이다.

동분산은 문중의 사유지이지만 일반인의 출입을 막고 있진 않다. 경사가 완만하고 능선이 부드러워 간편한 복장으로 부담 없이 오르내릴 수 있어 인근 도시의 주민들이 아침·저녁으로 산책하기 안성맞춤이다. 그런 상황을 잘 파악하고 있던 관할 군청은 예산을 투입해 둘레길을 잘 조성해 놨다. 코코넛 열매의 껍데기로 만든 야자 매트를 깔아놓은 산책로를 따라 걷다가 보면 평행봉, 철봉, 윗몸일으키기 지지대 등 각종 운동기구가 설치돼 있고 숨을 돌리고 쉴 수 있는 정자와 벤치가 지나가는 사람들을 기다리고 있다.

잘 단장된 동분산 둘레길에서 길 입구 왼쪽 산기슭에 목조로 지은 재실이 고색창연하다. 동분산의 산지기가 약 4백 년 전부터 기거해온 곳으로 아직도 그 자손이 살고 있다. 군청 예산으로 지붕과 담장을 개수하고 담장에 벽화를 그려서 미관을 개선했다. 그 옆에 대형 안내판을 세운 것이 눈살을 찌푸리게 한다. 주변 환경과 어울리지 않는다면서 안내판을 철거해달라는 민원이 나온 적도 있다.

정아네 집은 그 재실 옆에 딸린 부속 건둘이다. 대폭적으로 개축하고 내부 인테리어를 현대식으로 했지만, 여전히 시대에 많이 뒤떨어진 불편한 거처다. 그렇지만 빈한한 가족이 눈치 안 보고 편하게 살기엔 안성맞춤이었다. 도시권의 급속한 팽창으로 도시화가 급속히 진행된 관계로 산의 값어치는 엄청났다. 정아네 집의 소유권 등기가 문중 명의로 돼 있지만 정아네 조상이 임진왜란 이래 근 4백여 년 동안 대대로 산지기를 하며 살아온 터라 집을 비워 달라는 사람은 없다. 아마 주인이 너무 많은 것이

진짜 이유일 것이다.

올여름은 덥고 습했다. 장마가 오래 계속되었을 뿐만 아니라 비도 집중적으로 많이 내렸다. 지구온난화로 인한 기후변화와 엘니뇨 현상 때문이라고 한다. 집중호우가 이어지자 군청 직원이 찾아와서 산사태 위험이 있다며 장마 기간만이라도 다른 곳으로 대피해 있으라고 권고했다. 군청에서 피난 비용 조로 차후에 실비를 지원한다고 말해주었다.

할매는 여기서 수백 년간 살아왔지만, 산사태를 당했다는 이야기는 못 들었다며 대피 권고를 단칼에 거부했다. 할매가 완강하게 거부하자 군청 직원은 할 수 없다는 듯 발길을 돌렸다. 그는 그래도 무언가 찜찜한 듯 다시 돌아와 산비탈을 돌며 산사태 징후가 없는지 자세히 관찰했다. 산사태 좋아하네. 우리가 여기서 일이 년 사나. 할 일 없으면 낮잠이나 자지. 할매는 군청 직원의 피난 권고를 필요 이상으로 민감하게 받아들였다. 대피한다고 나갔다가 잘못하면 집을 빼앗길 수 있다고 생각하는 듯하다.

최근의 집중폭우로 인해 동분산 산기슭에 묻혀있던 부패한 시신이 조금 드러난 걸 산사태 징후를 조사하던 군청 직원이 발견해 경찰에 신고했다. 경찰차가 출동하고 폴리스라인이 설치됐다. 정아네 집 옆에 중계차가 들이닥치고 기자로 보이는 사람들이 몰려들었다. 엽기적인 살인사건이 발생했다며 온 시골 마을

이 발칵 뒤집혔다. 시신의 부패가 심했지만, 그 시신의 일부를 표본으로 채취해 국립과학수사연구소로 보냈다.

현장에서 가장 가까운 정아네 집에도 수사관들이 들이닥쳤다. 이것저것 캐물었지만 정아와 할매는 아무것도 모른다고 발뺌했다. 급기야 주민등록표 상에 올라있는 아빠와 엄마의 이름을 대며 어디 갔느냐고 추궁했다. 정아는 부부싸움 끝에 집을 나가 어디 있는지 모른다고 대답했다. 할매는 눈을 멀뚱거리더니 고개를 끄덕거렸다. 수사관들이 서로 눈빛을 교환했다. 거실과 방안을 샅샅이 뒤져서 머리카락을 한 움큼 채취해 갔다.

도움을 받으세요. 오늘 상담사와 이야기해 보세요. 자살예방 상담전화 1393. 노트북으로 자살을 검색하자 맨 위에 나온 내용이다. 왠지 누군가 지켜보고 있는 것 같아 꺼림칙하다. 노트북을 닫았다. 정아는 인터넷을 통한 길을 포기하고 다소 번거롭지만, 접촉을 통한 아날로그 방식으로 방향을 잡기로 마음먹었다. 어디로 가야 뜻을 같이할 동지를 만날 수 있을까. 죽는 게 예삿일이 아니다. 그게 쉽지 않으니까 죽는데도 동호 모임이 필요하겠지.

신발 끄는 소리가 들려왔다. 방문이 열리고 할매가 들어와 앓는 소리를 했다. 아이고 허리야! 정아, 허리 좀 주물러 봐라. 할매는 검은 비닐봉지를 주방 가장자리에 떨어트리곤 거실 바닥에 드러누웠다. 검은 비닐봉지에서 상추와 고추가 삐져나와 바닥에 누웠다. 할매, 엎드리라. 정아는 손바닥을 펴서 팔뚝과 어깨를 주물렀다. 이 년아, 허리 아프다는데 엉뚱한데 만지고 있노. 할매가 정아에게 투덜거렸다. 할매, 다 순서가 있는 기다. 기다려 봐라. 성질은 급해 가지고… 나이는 그냥 먹었나. 정아는 위쪽부터 아래쪽으로 등뼈를 눌러주었다. 그래 거기, 거기가 아프거든, 거기를 마이 허라. 아이고 시원하다. 좀 더 세게 해라. 젊은 년이 힘이 그래 없어서, 어디 써 먹겠노.

요즘 잠을 제대로 못 자서 그런지 할매가 작은 일에도 신경질을 내고 아무것도 아닌 일에도 쌍욕을 해댔다. 상황이 상황이니만큼 이해가 되지만 은근히 짜증이 났다. 도움이 되는 사람이 하나도 없다, 제기랄! 욕이 절로 나왔다. 막다른 골목에 몰렸다는 생각이 들었다. 확 죽으면 다 끝나는 건데 그게 쉽지 않다.

할매의 등뼈에서 뿌드득거리는 소리가 났다. 뼈마디가 제자리를 찾아 들어가는 소리일 터다. 물론 닳고 낡아서 그렇겠지만, 내려앉을 것 같아 조심스럽다. 할매의 키가 몇 센티는 늘어났을 법하다. 그렇지만 그것도 잠시뿐, 서서 이리저리 움직거리다 보면 또 제자리를 벗어나 일그러질 것이다. 세월에 치여 등뼈가 골병이 든 걸 어이하랴. 나이는 결코 숫자가 아니다. 할매는 쉬지 않고 갓난아이처럼 보챘다. 좋은 말이라도 자꾸 하면 짜증 날 판인데 쌍말로 종 부리듯 채근하니 돌아버릴 지경이다. 저놈의 입만 닫고 있으면 알아서 다 잘해줄 텐데…, 미운 말만 골라서 해요. 슬슬 빈장이 상하고 반발심마저 생겼다. 제기랄! 씨팔!

  등허리를 반복해서 거듭 누르는 일은 지루하고 힘이 든다. 손목이 아프다. 정아는 잠시 일어나 허리를 펴고 스트레칭을 했다. 니 할매 등허리 좀 주물러주는 게 뭐 그리 개수라고 그거하고 엄살 떠노. 이 할매는 하루 종일 이산 저산 돌아 댕기면서 온갖 농사 다 짓는 거 모르나? 아마 벼농사 빼곤 다 짓지 싶다. 밭이 여기저기 흩어져 있으니 몸이 죽을 지경이다. 평평한 땅만 보이면 밭을 일궈 이것저것 심어 놓은 게 죄라면 죄지. 이제 머리가 다 됐는지 어디에 뭘 심었는지도 깜빡깜빡한다니까. 산골짝을 헤매기 일쑤야. 내 눈까리 내가 찌른 기라. 그것만 하는 줄 아나? 그걸 거둬 장에 내다 팔아야 돈이 되지. 하루 종일 시장바닥에 쪼그리고 앉아있는 것도 너무 힘들어. 어디 안 아픈 데가 없어. 아이고 내 팔자야! 내가 미친년이야. 할매는 자랑인지 푸념인지 지루한 신세타령을 끊임없이 늘어놨다.

  정아는 서서 발로 할매 등허리를 자근자근 밟았다. 이년이 또 꾀부린다. 젊디젊은 년이 고것도 제대로 못 해서 어디 써 먹겠노. 제대로 좀 해라, 이 년아! 정아는 열이 확 올라왔다. 오늘따라 할매가 평소와 확실히 다르다. 시신이 발견돼 불안한 탓인지…. 범행 의혹을 실토할 가능성도 없지 않다. 얼마 남지 않은 실낱같은 연민과 동정심이 별안간 불신과 증오로 변해갔다. 발이 점점 억세게 움직였다. 아프다, 이년아! 할매, 잔소리 고마 하고 납작 엎드려 있어라. 성질나면 확 밟아 허리 뿌라뿌는 수가 있다. 고개를 좌로 튼 채 머리를 방바닥에 붙이고 엎드려 있던 할매는 고개를 쳐들더니 정아를 힐끗 돌아보았다. 아니나 다를까 눈알을 희번덕거리며 마구 욕설을 퍼붓기 시작했다. 이 년아, 니 지금 할매 허리를 뿌라뿐다 캤나? 이년이 미쳤나, 오냐오냐해 줬더니 이젠 할매를 죽이겠네. 그런 건 누구한테 배웠노? 나쁜 건 안 가르쳐줘도 잘 배워! 할매 얼굴엔 아빠의 새파란 입술과 노기 서린 눈빛이 녹아있었다. 정아는 돌연 적의가 분수처럼 치솟아 발바닥으로 할매의 등뼈를 강하게 압박했다. 마침내 정아는 할매의 등판 위로 두 발을 올리고 올라섰다. 아프다! 이년이 사람 잡겠네! 그만해라! 이 년아, 울 아들도 그래 밟아 죽였나? 내가 모를 줄 알았나, 이 년이 할매 잡을라 카네! 이 미친 년아!

정아는 뚜껑이 열렸다. 순간적으로 한 발로 할매의 목을 세게 밟았다. 엎드려 있던 할매는 별 저항도 못 하고 이내 숨이 끊어졌다. 목뼈가 꺾인 모양이었다. 정아는 그제야 정신이 돌아왔다. 눈물이 흘러내렸다. 할매, 잘못했다 용서해도. 할매야, 죽지 마

라. 내가 미쳤다. 정아는 할매를 부둥켜안고 통곡을 했다. 할매의 시신에서 한기가 돌 때까지 안고 울었다. 할매의 시신은 정아 혼자 들 수 있을 만큼 가벼웠다. 절단해 삶지 않아도 돼 좋았다. 밤에 묻어야지. 정아는 할매를 안아 화장실 욕조에 눕히고 급한 대로 이불을 덮어 두었다. 산에서 내려온 까마귀가 쉰 목소리로 울었다. 눈물이 주르르 흘러내렸다. 이제 나도 죽어야겠지. 허나, 죽을 결기마저 없음을 깨닫는데 긴 시간이 걸리지 않았다. 자살, 아무나 하는 게 아니다.

국립과학수사연구소의 분석조사 결과가 나왔다. 사체의 DNA가 정아 아빠의 DNA와 일치한다는 사실이 드러났다. 사체가 정아 아빠로 밝혀지자 동네 토박이들이 한 마디씩 입을 댔다. 무자비한 폭행을 견디다 못해 아내마저 도망간, 주사가 매우 심한 주정뱅이라는 둥, 자기 어머니도 폭행하는 패륜아라는 둥, 딸을 겁탈했다는 소문도 있는, 인면수심의 막돼먹은 사이코패스라는 둥, 근거도 없는 엽기적이고 엄청난 풍문들이 여기저기서 나왔다. 어디서 어떻게 그런 소문을 들었는지 불가사의다. 세상엔 비밀이 없는 모양이다. 그런 말을 듣고 있으면서도 입을 다물고 있었던 사연에 대해서는 하나같이 모두 함구했다.

수사관 두 명이 국립과학수사연구소의 DNA조사 결과를 가지고 정아네 집을 방문했다. 수사관은 그 결과를 정아에게 알려주면서 정아의 표정을 유심히 살폈다. 미심쩍은 낌새를 눈치챈 수사관이 할매를 찾았다. 정아는 아직 들어오지 않았다고 둘러댔다. 김 형사, 집안을 한번 살펴봐야겠는데. 예감이 이상해. 두 수사관이 집을 뒤지다가 젊어 보이는 키 큰 수사관이 화장실 문을 열고 들어가 욕조에 덮어둔 이불을 제쳤다. 헉, 할매 시신이다! 키 큰 수사관이 소리치며 뛰쳐나왔다. 할매가 목을 맸나 봐요. 정아는 중얼거리듯 말하곤 그 자리에 그냥 주저앉았다. 키 작은 수사관이 정아의 손에 수갑을 채우면서 말했다. 당신은 묵비권을 행사할 수 있고 당신이 하는 말은 당신에게 불리한 증거가 될 수 있으며 당신은 변호사를 선임할 권리가 있습니다.

'직계 가족 토막 살인 시신 숙탱 유기' 사건은 끔찍한 엽기적인 살인사건으로 세상을 떠들썩하게 했다. 흉악범 김신정의 사진이 언론에 공개되었다. 까무잡잡하고 둥글 몽실했다. 폭행과 겁탈의 혐의가 있는 부친의 살해에 대해 여성 단체를 중심으로 동정적인 여론이 일었다. 하지만 시신을 토막 내 삶은 후 암매장한 행위와 조모를 살해한 극악무도한 행위에 대해선 엄벌해야 한다는 의견이 우세했다. 물론 소수의견이긴 했지만, 정신이상자로 보아 정신병원으로 송치해 치료를 받게 해야 한다는 의견도 나왔다. 하지만 아무리 정상을 참작해도 김신정은 인간이기를 거부한 희대의 살인마라는 게 중론이었다.

 김신정은 법정에서 공소 사실을 대부분 인정하고 그 동기와 심경을 솔직히 털어놨다. 자신의 아버지와 자신은 나쁜 유전자를 보유한 사람으로 후세에 그 유전자를 물려주지 말아야 하는 까닭에 죽어도 싸고, 할머니 사건은 우발적이고 충동적인 과실치사 정도로 생각해 준다면 좋겠다며, 극히 내성적인 성향과 욱하는 성정이 불행한 사태를 부른 단초가 됐다고 진술했다. 시신을 토막 내고 삶은 일은 응징이나 독한 마음에서 그렇게 한 게 아니고, 단지 힘이 모자라 응급 결에 한 자구책이라고 봐 줬으면 하는 바람이지만, 그 일이 본의 아니게 여러 사람을 불편하게 했다면 용서를 빈다고 고개를 숙였다. 정아의 솔직담백한 법정 진술은 동정 여론에 불을 붙였다.

 페미니즘 유튜브를 통해 호의적인 여론이 조성되고 여성 시민단체를 중심으로 구명운동도 일어나고 있었지만, 1심 법원은 법률전문가의 예상대로 김신정에게 존속 살해죄를 적용해 무기징역을 선고했다. 그와 더불어 최근 화성에 건설된 국제유배수용소로 보내는 조치가 부가되었다. 화성 유배는 김신정이 첫 번째 케이스였다. 직계존속을 무자비하게 살해한 흉악범인 김신정을 인간 세상의 암적 존재로 규정해 지구에서 영구 추방할 필요성이 있다는 판단에 따른 결정이었다. 김신정은 법원의 판결에 깨꿋이 승복하고 항소를 포기했다. 그녀의 깔끔한 태도에 팬클럽이 결성되는 웃지 못할 촌극이 벌어지기까지 했다.

 화성 유배형은 화성에서 노역하다가 화성에서 소멸하는, 어떻게 보면 사형보다 더 무서운 형벌이다. 세계 주요국가 사법계의 추세를 살펴보면 흉악범에게 화성 유배형을 확대해가는 분위기다. 사이코패스나 악질적 흉악범을 확실히 격리함으로써 선량한 시민을 보호한다는 취지다. 희토류 등 희귀한 광물을 채취하고 핵폐기물, 폐플라스틱 등을 비롯한 지구의 고질적 환경문제를 해결하는 일에 봉사하게 함으로써 속죄할 기회를 준다는 부차적인 목적도 점차 중요해지고 있다.
 화성 유배형은 '화성국제유배수용소'로 보내지는 형벌이다. '화성국제유배수용소'는 회원 가입 국가의 회비를 받아 국제형사재판소가 운영한다. 그곳엔 각국에서 유배 온 다양한 범죄자들이 성별로 분리돼 각각 수용돼 있다. 화성의 수형자는 인공적인 '화성의 지구환경 공간'에 거주한다. '화성의 지구환경 공간'을 MEES(Mars Earth Environment Space)로 쓰고 '미즈'로 읽는다. 기결수들을 초고밀도로 압축된 유해 쓰레기들과 함께 우주왕복선에 실어가서 돌아올 땐 쓰레기를 비운 곳에 수형자들이 노역으로 채취한 희귀 광물을 싣고 오는 시스템이다.

화성국제유배수용소는 촘촘하게 설치된 센서와 CCTV로 감시되고 AI와 로봇으로 운영된다. 사람이 없는 최첨단 무인감시시스템이 상시 작동된다. 설사 우주왕복선을 이용한 탈출, 소요 사태나 질서문란 사태가 발생한다고 하더라도 쉽게 통제할 수 있는 프로그램이 장착돼 있다. 전력, 산소 그리고 식량을 비롯한 생필품을 조절하는 방법은 효율적이고 절대적인 통제 수단이다.

무기징역에 화성 유배형으로 결정된 정아는 화성국제유배수용소에 대한 사전 교육을 받았다. 실제로 입소해서 몸소 겪어봐야 알겠지만, 자신에게 딱 맞을 것 같은 예감이 들었다. 학대받은 공간, 지구를 떠날 수 있다는 점과 뭇사람의 눈총을 받지 않는다는 점, 비교적 독립적인 공간이 주어진다는 점, 죽을 때까지 굶어 죽을 걱정이 없다는 점, 세상 사람들을 위해 희토류 등 희귀 광물을 채취해 지구로 보내줄 수 있다는 점 그리고 마지막으로 지구의 암적인 존재인 핵폐기물이나 폐플라스틱 등 초고압축 쓰레기 뭉치를 처리해줄 수 있다는 점 때문이었다. 게다가 그녀 자신이 암적 존재인 까닭에 인류의 바람직한 진화를 위해 영구적으로 지구를 떠나는 일도 의미 있다고 생각했다.

정아는 다른 사람들과 함께 우주 비행에 대한 간단한 훈련을 받았다. 훈련이 끝난 후 한참 대기한 끝에 마침내 우주왕복선을 타고 지구를 떠나 화성을 향해 날아갔다. 우주 비행에 대한 두려움도 있었지만 피할 수 없는 일이고 보니 받아들일 수밖에 없었다. 우주왕복선 안에선 줄곧 불편하고 거북했지만 그렇다고 견디지 못할 정도는 아니었다. 새로운 탄생을 위한 진통쯤으로 여겨 기꺼이 받아들였다.

화성에 무사히 도착해 '화성의 지구환경 공간(MEES)'으로 들어갔다. 정아는 알 수 없는 어떤 기운이 정수리를 통해 들어오는 것을 느꼈다. 상쾌한 기분이 들고 정기가 솟아나는 듯했다. 자신이 있어야 할 곳, 자신이 필요한 곳, 지금까지 자신이 찾아온 곳이 바로 여기라는 사실을 깨달았다. 정아는 끝없이 펼쳐진 새카만 우주에 점점이 박혀있는 무수히 많은 별을 바라보았다. 그 많은 별 중에서 지구를 찾아내는데 그렇게 오랜 시간이 걸리지 않았다. 지구도 굳이 애정을 숨기지 않았다. 문득, 정아도 이제 자신을 사랑할 수 있을 것 같았다.

지구는 미워할 수 없는 별이고, 인간은 사랑할 수밖에 없는 존재인 모양이다.

셋

미몽迷夢

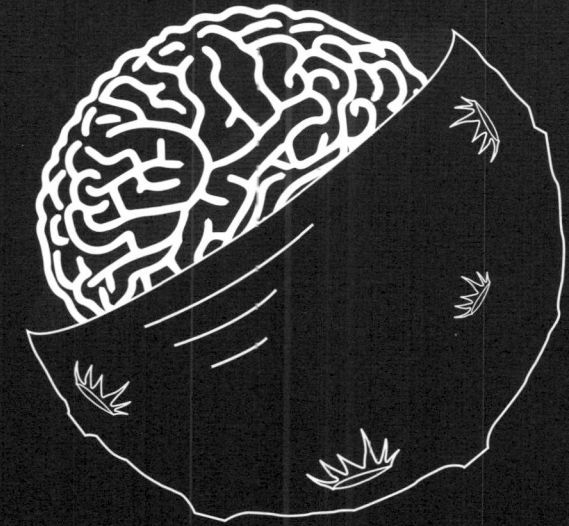

    교육청으로 가는 차 안에서도 책을 봐야 했다. 차는 어머니가 미리 입력한 프로그램에 따라 자동으로 움직였다. 바흐의 브란덴부르크협주곡이 잔잔하게 흘렀다. 강두는 눈을 감았다. 강물이 발치를 휘감아 돌아가고 나지막한 산들이 허리를 슬쩍 감싸는 언덕배기 위에 양털 구름이 하얗게 하늘을 내달리고, 연초록의 풀밭이 구릉 위로 파도처럼 펼쳐진다. 고향처럼 푸근하고 평화롭다. 내가 태아일 적부터 들어온 음악이었다. 어머니의 세심한 배려가 놀라울 따름이다.

    어머니는 오늘의 이강두를 만든 일등공신이다. 대뇌 용량을 천부적으로 크게 만들어주었을 뿐만 아니라 그 대뇌 용량을 가능한 한 단기간에 채워주기 위하여 직장까지 장기 휴직하고 풀타임으로 아들을 뒷바라지해 주었다. 요즘 보기 드문 희생적인 어머니상이다. 어머니의 어머니가 어머니를 그렇게 뒷바라지했기 때문에 그 빚을 그 자식에게 갚아야 한다고 생각하는 듯하다.

강두를 학교와 학원으로 편안하게 날라주고, 어머니는 차 안에서 새우잠을 자며 대기하기 일쑤였다. 홍삼 달인 물, 오미자 달인 물, 구기자 달인 물, 총명탕 등 웰빙 한방 음료수와 호두, 잣 등 민간 전래 건뇌식 그리고 기억력 증진제, 영양제 등을 항상 차 안에 준비해 두었다가 강두의 컨디션에 맞춰 적시에 알맞은 것을 찾아 먹여주었다. 그 외에도 정신 집중기기, 휴대용 산소발생기와 휴대용 두뇌 지압기기 등을 차에 싣고 다녔다. 식사나 간식은 소화가 잘되게 한우고기나 유기농야채 등을 갈아서 주었다. 게다가 6개월마다 건강상태를 정기적으로 점검해 보고 부족하거나 필요한 성분이 발견되면 즉시 '맞춤형 영양제'로 보충해주었다. 강두의 일거수일투족에 어머니의 배려가 미치지 않는 곳이 거의 없었다.

어머니는 하드웨어적인 것뿐만 아니라 소프트웨어적인 것도 주도면밀하게 준비했다. 인터넷 강의가 간편한 방법이긴 하지만 아무래도 긴장감과 집중력이 떨어지는 단점이 있었다. 그래서 어머니는 재래식 학습방법을 고수했다. 강두가 이동할 땐 어머니가 학습 도우미로 변신했다. 그 이동시간을 최대한 활용하기 위해 각종 학습 USB를 갖고 다니며 적절한 강의를 차 안에서 틀었다. 공간 이동에 소요되는 자투리 시간을 다양한 첨단 방식을 동원해 완벽하게 활용하고자 노력했다.

학원과 강사의 선택, 학습할 과목, 과목별 공부시간 배정, 휴식시간 심지어 조는 시간이나 웃는 시간까지도 그녀의 계획에 따라 진행되었다. 새롭고 알찬 내용을 위해 연구한 끝에 항상 독창적이고 효과적인 프로그램을 내놓곤 했다. 어머니는 전문가를 뛰어넘는 해박한 교육학 지식, 다양한 학습 정보 및 초인적인 열정 등으로 아들을 '최우수인간'으로 만들어냈다. 어머니는 자기관리도 철저히 하였다. 강두가 공부하는 동안 항상 책을 읽거나 관심 있는 분야의 인터넷 강의를 들었고, 저녁 시간에도 먼저 잠자리에 드는 경우는 거의 없었다. 자식에게 모범을 보이는 것이 최선의 교육이라고 믿었다.

기말 브레인테스트 수치가 예상에 미치지 못하던 어느 날, 강두는 웬일인지 집중이 되지 않아 인터넷 서핑을 하며 시간을 보냈다. 그러다가 친구가 보내온 포르노 동영상을 열어보았다. 포르노는 역시 일본 것이 아기자기하고 실감이 났다. 아랫도리가 불뚝 서는 바람에 바지를 내리고 물건을 잡고 흔들었다. 아니나 다를까, 그때 노크와 거의 동시에 어머니가 방문을 열고 들어왔다. 강두가 급히 바지를 끌어 올렸으나 어머니의 눈을 피할 수 없었.

어머니는 돌아서 나갈 듯 멈칫하다가 마음을 고쳐먹고 강두 곁으로 다가갔다. 강두는 머리를 숙이고 한숨을 내쉬며 말했다.

"엄마, 잘못했어요. 오늘, 마음이 허전한 게 공부가 영 안 되네요."

"슬럼프가 온 모양이다. 이성이 그리울 나이란 걸 잊었네. 조금 전에 보던 거 봐라. 정액이 차면 빼내야지."

어머니는 큰 결심을 한 듯 말했다. 강두는 어머니의 진의를 파악할 수 없어 눈만 끔벅였다. 어머니는 숨긴 화면을 되살려놓고 강두의 바지를 끌어 내렸다. 강두는 소스라치게 놀라 바지를 부여잡았으나 어머니의 민첩한 손길을 당해내지 못했다. 어머니는 강두의 물건을 잡고 부드럽게 흔들기 시작했다. 오래지 않아 정액이 쏟아져 나왔다. 어머니의 손이 정액으로 흥건했다.

"한창 정기가 왕성할 때라, 정액을 제때 빼 줘야 집중이 잘된다. 앞으로 딴생각이 자꾸 나거든 엄마한테 얘기해라. 엄마가 해결해 줄게. 정기적으로 뺄까? 그게 좋겠지. 그래도 사이버 섹스는 절대 안 된다. 중독성이 엄청나서 아직 안 돼."

어머니는 아무 일 없었다는 듯 유유히 방을 나갔다.

사이버 섹스가 뜨고 있다. 사이버 섹스 프로그램을 구입하면 시공을 초월하여 원하는 상대와 사이버 상에서 섹스를 할 수 있다. 사이버 섹스에 중독된 자들도 많다. 황진이, 초선, 양귀비, 클레오파트라, 마릴린 몬로, 엘리자베스 테일러, 오드리 헵번 등 그 어느 누구라도 파트너로 선택할 수 있고, 선택된 파트너의 연령도 마음대로 조정할 수 있으며, 섹스를 나눌 장소나 분위기도 마음대로 선택할 수 있다. 임신이나 성병 등의 걱정도 없으며, 법적 도덕적 문제도 발생하지 않는다.

사이버 섹스는 인류의 삶을 바꿔놓을 만큼 폭발력이 있었다. 결혼도 하지 않고, 자식도 낳지 않는 사회 분위기를 부채질한다는 점 때문에 엄청난 논란을 불러일으켰다. 인류가 살아남기 위해서는 일정 수준 이상의 두뇌를 가진 사람에게 의무적으로 정자와 난자를 제공하게 하여 인공수정을 통해 필요한 분야에 재능이 있는 아이를 체외에서 계획적으로 생산하고 이들을 공적으로 양육, 교육하는 프로젝트를 국가가 앞장서 개발해야 한다는 주장이 점차 설득력을 얻어가고 있었다. 어머니도 사이버 섹스를 가끔 즐기는 듯하다. 중독성이 엄청나게 강하다며 강두에겐 절대 엄금하고 있다.

그날 이후, 어머니는 섹스란 게 별 게 아니라면서 당신은 섹스에 초연한 척했다. 어머니는 시종일관 단순한 학습 도구, 그 이상은 아닌 양했다. 비록 그게 별 게 아니라고 했지만, 어머니는 매주 한 차례 정기적으로 섹스 욕구를 해소하는 프로그램을 마련해주었다. 전통적 도덕률로 인해 처음에는 미안함과 부끄러움으로 고민했지만, 회를 거듭할수록 평상심을 되찾았다. 아가페적인 사랑은 그보다도 하위의 내용인 육체적인 행위를 당연히 포괄하는 터였다. 아버지의 영역을 침범했다는 생각도 들었지만, 상호 간 사이버 섹스를 용인하는 처지라 미안한 마음을 쉽게 극복할 수 있었다.

브레인테스트는 공부하는 만큼 그 성과가 정확하게 그대로 성적에 반영되기 때문에 평가 직전까지 최선의 노력을 다해야 한다. 같은 책을 두 번 읽든 다른 책을 한 번씩 읽든 똑같이 측정되긴 하지만 집중력의 차이에 조금 영향을 미친다. 이해의 정도가 다르면 기억 곡선의 길이가 달라지고 가중치로 조정돼 성적에 반영된다. 브레인테스트 성적은 결국 집중도와 학습시간의 함수인 셈이다.

초창기의 '브레인테스트'는 여러 가지 취약점이 많았지만, 지금은 많이 개선되어 기존의 어떤 형태의 재래적인 시험보다 과학적이고 합리적이며 공정하다는 평가를 받고 있다. 처음엔 대뇌 용량을 측정하는 비교적 단순한 기능을 가진 수준에 지나지 않았지만, 그 정도만으로도 획기적인 발명품으로 전 세계를 발칵 뒤집어 놓았다. 투구 모양의 테스트기를 쓰고 일 분 정도만 있으면 대뇌 용량이 표시되었다. 인류가 수천 년을 두고 풀지 못한 또 하나의 수수께끼를 푼 셈이다. 많은 사람이 브레인테스트의 비인간성에 대해 갑론을박 논란을 벌였으나 그 실용성 때문에 수용하지 않을 수 없었다.

기업체에서 처음 받아들여지기 시작했고 연구소, 교육기관 등으로 급속히 보급되었다. 엄청 고가였지만 브레인테스트기의 상업성이 인정되자 인력과 자금이 모이고 한층 더 개량된 기종의 테스터가 나오기 시작했다. 전체 용량뿐만 아니라 사용한 용량, 즉 기억한 용량을 나타낼 수 있는 제품이 나왔다. 그러자 기업은 브레인테스터를 인재의 적재적소 배치에 광범위하게 활용하기 시작했다.

브레인테스터의 발명자는 세계적 갑부 반열에 오르게 되었고, 이에 자극을 받아 브레인테스터에 관한 연구가 더욱 탄력을 받았다. 메모리의 종별 유형별 표시가 가능한 브레인테스터가 출시되었고 메모리의 강도, 즉 얼마나 오래 기억하느냐를 나타내는 기종까지 선보였다. 메모리의 활용도, 순발력 및 활성도에 대한 연구도 활발히 진행 중이다.

기업체의 입사시험에 기존의 필답고사 대신 브레인테스트 측정 결과가 조심스럽게 도입되었고, 그 유효성이 현장에서 검증되기 시작했다. 오래지 않아 대학들도 입학시험을 브레인테스트와 면접으로 대체하였다. 대학입시에서의 브레인테스트 활용은 고등학교에서 유치원에 이르기까지 브레인테스트 확산의 기폭제가 되었다. 기존의 시험은 문학, 음악, 미술 등 특수한 경우에만 한정적으로 실시될 뿐이었다. 특히 초등학교 입학 시에 측정하는 테스트는 한 사람의 평생 진로를 좌우하는 매우 중요한 일이었다. 태어나면서 전체 용량이나 종별 유형별 용량이 결정되기 때문에 사람들은 인생을 좀 더 운명론적으로 받아들이게 되었다.

유별난 부모는 자기 자녀의 결과 측정치를 높이기 위하여 갖가지 기발한 아이디어나 불법적 수단을 동원하기도 했다. 해킹으로 전산 자료를 고치거나 공인 증명서를 위조하는 방법이 주로 사용되었다. 그렇지만 공부한 만큼 그 결과가 공정하게 측정되는 까닭에 그 결과에 불복하는 사람은 거의 없었다. 최근에는 대뇌 용량을 늘리는 약을 개발하고 컴퓨터의 정보를 대뇌에 직접 입력시키는 방법을 집중적으로 연구하고 있었다. 조만간 개개인의 노력이 무의미하게 될지도 몰랐다.

A시 교육청 동부지청 대기실에는 브레인테스트를 하러 온 학생들이 대기하고 있었다. 브레인테스트 측정이 매우 중요한 역할을 하는 까닭에 공적인 기관에서 측정한 것 외엔 공인이 되지 않을뿐더러 필요한 기관에서 다시 확인하는 절차를 거친다. 대학입시 전형은 해당 학교 관할 교육청에서 일괄적으로 테스트를 하고, 다시 지원한 대학에서 측정해 둘을 비교, 검증한다. 양자의 결과가 오차 범위 내에 존재하지 않으면 교육부와 학교에서 재측정을 받아야 한다. 같은 학교를 지원한 전국의 학생들은 일정 시점에 전국에서 동시에 측정한다. 지각은 치명적이기 때문에 학생들은 미리 와서 대기실에서 기다렸다. 일단의 학부모들

이 대문 밖에서 어슬렁거렸다.

측정실에서 측정을 끝내고 나오는 학생들은 환호성을 질렀고 들어가는 학생들은 잔뜩 긴장했다. 미리 사설 기관에서 측정을 해 보기 때문에 그 결과가 크게 다르지는 않겠지만 그사이 기억이 지워지기도 하고 다시 생성된 부분도 있는 까닭에 측정 결과는 조금 유동적이다. 전체 대뇌 용량은 대체로 태어나면서 큰 틀이 결정되고 그에 따라 미리 인생진로가 정해지는 까닭에 예전처럼 대학입시와 같은 눈치작전이나 사회적 관심은 훨씬 덜한 편이다.

고등학교까지 두 차례에 걸쳐 분류되고 정리되어 서열이 매겨진다. 대학입시는 감성적 선호를 통해 군집화됨으로써 수평적으로 분화하는 작업일 뿐이다. 아직 비이성적 행위가 인간의 행동을 결정하는 전통이 남아있어서 전통 있는 명문 대학에 대한 입시 경쟁은 그 한도 내에서 존재하고 있다. 물론, 전통적 명문 대학에 대한 감성적 선호의 강도가 예전 같지는 않다. 대학을 졸업하면 다시 원하는 직장에서 브레인테스트를 거쳐 선별하기 때문이다.

작은 변화가 당락에 영향을 주는 경우가 있는 까닭에 긴장을 늦출 수 없다. 최상위층이 감성적 유산을 아직 얼마나 답습하고 있느냐, 수험생의 지원이 어떻게 분포하는가 등 정도가 당락의 키다. 자신은 감성적 유산을 고수하고, 남들은 그런 걸 초월해 주었으면, 자신이 지원한 대학에 최상위층이 많이 몰리지 않았으면, 하고 다들 바랄 뿐이다. 모두의 솔직한 희망 사항이 곧 강두와 어머니의 마음이기도 하다.

강두의 차례가 되어서 동공과 지문으로 신분 확인을 받고 자리에 앉았다. 부저가 울자 머리 위에서 투구 모양의 브레인테스터가 경쾌한 전자음을 내며 내려왔다. 눈을 감았다. 벌써 수도 없이 해 봤지만, 기분이 나쁘기는 마찬가지다. 브레인테스터의 의자에 앉으면 누구나 기가 죽게 마련이다. 자기의 프라이버시를 고스란히 노출하기 때문이다. 빛이 번쩍이고 투구가 회전하는 소리가 나면서 측정은 끝이 났다.

강두가 교육청 정문을 나서자 어머니는 군중들 틈 속에서 양손으로 V 자를 만들어 흔들었다. 아직 남은 용량도 많고 지워질 기억도 있을 것이니 더욱 열심히 정진하라는 말을 했다. 어머니도 마음이 가뿐한 모양이다. 집으로 돌아오는 길에 어머니는 차 안에서 베토벤의 '합창'을 틀어주었다. 환희를 어쩌면 저렇게 잘 표현할 수 있을까? 순수 고전음악은 역시 위대하다.

어머니는 대학입학 때까지의 개략적인 계획을 알려주었다. 전공 예정인 유전자 의학의 선행학습, 유럽과 중국의 테마 여행, 체력단련 등으로 꽉 짜져있었다. 오프라인에서 여자 친구라도 좀 사귀게 해달라는 말이 목젖까지 올라왔으나, 어머니의 야무진 얼굴에 눌려 꿀꺽 삼켜버리고 말았다.

집에 돌아오자 브레인테스트의 결과가 문자 메시지와 이메일로 도착했다. 자연계열 등위 전국 19등으로 강두가 원하는 대학에 충분히 입학할 수 있을 것 같았다. 어머니는 그래도 성에 차지 않은 듯 못내 아쉬워했다. 아마 전국 수석을 노렸는지 모른다. 녹즙기는 건강상태를 체크해 그에 적합한 야채와 과일을 혼합·분쇄하여 황녹색의 즙을 게워냈다. 어머니는 녹즙을 한 컵 주면서 저녁 식사시간까지 대략 다섯 시간의 자유시간을 주었다.

자유로운 휴식시간, 이는 철이 든 후로 오랜만에 주어지는 선물이다. 무엇을 할 것인지 생각해 보았다. 용량이 크고 정보도 많이 담긴 머리가 마치 하얀 백지처럼 빈 듯하다. 아무런 생각도 나지 않았다. 웹 소설을 찾아보았다. 마음이 정돈되지 않았다. 십여 분을 허송하다가 결국 어머니에게 갔다.

어머니는 오프라인 쇼핑을 나가자고 제안했다. 오프라인에서의 쇼핑은 원시적이긴 했지만, 유한 계층에게는 나름대로 매력이 있었다. 납치당할 위험이 제법 크긴 하지만, 다른 사람들과의 직접적인 대화와 접촉이 그러한 위험을 보상하고도 남았다. 지나가는 사람의 욕구를 체크해 가장 적합한 상품이 그 광고판에 디스플레이 되고 있었다. 그 상품을 착용했을 때의 모습이 시연되기도 했다. 일종의 전자칩을 몸에 내장시킨 결과 각 개인의 정보를 읽어 들여 그 정보에 적합한 상품을 개별적 집중적으로 소구하는 방법이 여러 업종에 퍼져 있었다. 어머니는 최근 유행 중인 복고풍의 레트로 블라우스를 주문했다.

유행. 유행은 모든 부문에 있다. 헤어스타일, 헤어스타일리스트들이 모여 '올해의 헤어스타일' 몇 개를 선정하면 사람들은 그 중에서 하나를 선택할 수밖에 없다. 패션, 패션 디자이너들이 콘셉트를 정하면 그런 유형의 옷밖에 생산이 되지 않는 까닭에 사람들은 선택의 여지가 없다. 싫어도 배꼽을 내놓고 다녀야 하고 어울리지 않더라도 통바지를 입어야 한다. 유행은 비이성적인 시간의 함수다.

강두는 안경을 업그레이드시키기 위해 스마트 안경 대리점에 들렀다. 착용자의 시력 변화에 맞춰서 도수가 수시로 자동조정되고 태양광과 주변 환경에 대응해 색깔이 즉시 자동으로 변색돼 눈을 보호하는 첨단 안경알이 장착되어 있고, 카메라·IT 기능까지 보강된 첨단 전자 안경을 선택했다. 안과 전문의의 처방과 시력측정을 거치는 번거로움이 없어 한결 편했다. 예전처럼 굳이 라식이나 라섹을 할 필요가 없어진 데다 스마트폰의 일부 기능을 흡수·수용한 까닭에 사양산업으로 곧 사라질 것 같았던 안경업이 제2의 전성기를 누리고 있었다.

서점은 가장 전통적인 형태의 원시 업종이다. 그래서 유행도 덜 타는 편이다. 강두가 소설을 보는 모습이 나타난다. "내일"이다. 어머니는 시집을 보고 있다. "진달래꽃"이다. 놀랍다. 어머니가 시집을 보고 싶어 하다니! 그것도 서정시를! 서점에 들어가 소설책과 시집을 각각 주문했다. 어머니가 문학 서적을 산다는 것은 커다란 파격이다. 강두가 가장 취약한 정서적 부문을 보완해주려는 취지인 듯하다. 어머니는 유전자 의학, 테마 여행 계획 등에 필요한 서적을 추가로 주문했다. 드론이 주문한 책들을 한 시간 이내에 집으로 배달해 준다. 선글라스를 낀 사내가 미행하는 낌새다. 어머니는 호신용 스틱을 꺼내 들었다. 사내는 당황한 듯 힐끗 쳐다보다가 횡단보도를 건너갔다. 어머니는 겁을 먹은 듯 서둘러 집으로 가자고 강두를 재촉했다.

집이 온통 아수라장이 돼 있다. 어머니가 비명을 질렀다. 반려견 '똘똘이'가 온몸이 뜯긴 채 피투성이가 되어 거실에 죽어 있었다. 반려동물 전문 케이블 TV를 보다가 당한 모양이다. 반려견을 키우는 집이 늘어나는 상황에서 주인이 외출할 때마다 항상 데리고 다닐 수 없다는 점에 착안하여 반려동물, 특히 개들을 주 고객으로 한 케이블 TV가 생겨났다. 개들의 심리와 행동을 철저히 연구하고 분석한 결과인지 반려동물 전문 TV 앞에 한 번 앉은 개들은 웬만해서는 자리를 잘 뜨지 않았다.

동물애호가들도 반려동물 전문 TV의 고객이다. 똘똘이도 TV에 빠져 있다가 침입자들에게 어이없게 당한 것이리라. 똘똘이

앞발 주위에 쥐가 여러 마리 죽어있었다. 실험쥐다. 섬뜩한 기분이 든다. 주변을 자세히 살폈다. 문짝이란 문짝은 모두 너덜너덜하게 되어 떨어져 있다. 책장의 책들이 갈기갈기 찢어져 흩어져 있고, 컴퓨터 본체가 망가지고 냉장고가 텅 비어 있다. 집 출입문에 설치된 통합 정보 전자칩이 파손되어 있다. 휴대폰으로 연락이 오지 않은 이유였다. 실험쥐들의 위력이 실감났다.

인간의 줄기세포를 이식하여 인간 두뇌를 배양하던 실험용 쥐들이 대량으로 탈출한 사고가 지난해에 모 대학 연구소에서 발생했다. 탈출한 실험용 쥐들은 인간의 두뇌를 가진 지능이 매우 우수한 쥐들로 서로 간 교배를 해 많은 새끼를 낳았다. 실험용 쥐들은 짧은 시간 동안에 폭발적으로 번식했다. 인간 이상의 지능을 지닌 실험용 쥐들과 그들의 새끼들은 너무나 영리해 인간이 놓은 쥐약이나 재래식 쥐틀 따위로는 잡을 수 없었다.

쥐들이 인간을 공격하는 일이 잦아졌다. 지능이 높은 쥐들은 재래 쥐들을 규합해 인간의 집을 급습하기도 했고, 식수원이나 음식물에 바이러스나 독극물을 풀어 인간의 대량 학살을 기도하기도 했다. 끔찍할 정도로 왕성한 번식력과 인간 이상의 지능을 무기로 쥐들은 공룡 이래 인간이 장악했던 지구상의 헤게모니를 찬탈하려고 시도했다.

인간이 지금의 문명을 이룩하는 데 수천 년이 걸렸지만, 그들은 인간의 문명과 행동을 보고 배운 관계로 매우 빠른 학습효과를 보였다. 그냥 이대로 둔다면 쥐들이 인간의 문자와 학문을 익혀서 인간을 지구상에서 몰아낼 날도 멀지 않을 것이란 불길한 예측을 하는 학자마저 등장했다.

쥐의 수명이 인간에 비해 아주 짧아 지식이 축적될 시간이 절대적으로 부족하다는 점과 물리적 힘이 인간에 비해 훨씬 약하다는 점이 실험쥐의 절대적 취약점이었다. 아무런 도구나 기구가 없더라도, 비록 여자, 어린이, 노약자라 하더라도 수십 마리 정도의 쥐들을 밟아 죽일 수 있다는 점 때문에 실험용 쥐들과의 전쟁을 낙관하는 사람이 많았다.

그렇지만 쥐들은 전면전이나 정면에서 싸움을 걸어오지 않고 게릴라식으로 공격해 왔다. 그 피해가 예상보다 심각했다. 많은 학자가 실험쥐를 박멸하기 위한 연구에 몰두하고 있었으나 아직 별다른 성과가 나오지 않았다. 문단속과 보안을 철저히 하는 방법 이외의 뾰족한 방도는 없었다. 다른 실험동물에서 이와 유사한 사고가 발생하지 않도록 봉쇄하는 법적 제도적 장치를 마련한 것이 고작이었다.

쥐들의 습격을 직접 당하고 보니 정말 어이가 없다. 인테리어를 온통 다시 해야 할 것 같다. 어머니는 아파트로 이사 가야겠다고 중얼거렸다. 비록 보험회사에서 그 피해를 전부 보상해 준다고 하더라도 책과 컴퓨터에 저장된 데이터를 복구하기는 어려울 것 같다. 호사다마라더니 정말 그런 모양이다. 어머니는 구청 민원실과 보험회사에 연락하고 미국의 A은행에 근무하는 아버지에게 휴대폰으로 연락을 취했다. 미국에는 아직 실험쥐가 상륙하지 않았기 때문에 실험쥐의 습격에 대해 감이 잘 잡히지 않는 모양이었다.

강두의 브레인테스트 결과와 대학입학 전형에서의 전국 순위를 물어보곤 만족해하였다. 아버지는 비교적 단순한 편이다. 대학을 졸업한 후, 줄곧 한 은행에서 근무해 왔기 때문에 은행 업무 이외엔 아는 게 없었고 또 알려고도 하지 않았다. 자신에게 주어진 일에만 충실했다. 집안일을 어머니에게 전적으로 맡겼고 별 관심을 두려고도 하지 않았다. 그렇지만 아버지는 어머니와 강두에게 필요한 돈을 끊임없이 낳아주는 화수분이었고, 보이지 않는 든든한 수호신이긴 했다.

오래지 않아 대한적십자사에서 식량과 의류를 보내왔고, 보험회사의 손해사정 및 보상 담당 직원이 왔다. 보험회사 직원은 피해 상황을 면밀히 조사한 후, 집수리 기간에 해당하는 숙박비과 음식값을 우선 보상하겠다고 말했다. 동물보호협회에서 조사관이 나와 '똘똘이'가 죽은 데 대해 조사를 했지만, 살해가 아니라는 결론을 지은 듯 순순히 돌아갔다.

인근 호텔에는 실험쥐들의 습격으로 피난 온 사람들이 꽤 있었다. 예상치 못한 실험쥐의 습격으로 호텔이 반사적 이득을 누렸고, 강두도 어머니의 빡빡한 스케줄에서 잠시 벗어나는 행운을 잡았다. 한 곳의 손실과 피해는 종종 다른 곳의 이득과 기회로 전화되기도 하는 모양이다.

호텔 방 배정 시스템은 강두와 어머니의 욕구를 읽어 들인 다음 그에 적합한 방을 지정해 주었고, 방에 들어서자 영상과 오디오 프로그램도 그에 맞추어 조정되었다. 어머니는 그의 욕구와는 다른, 어머니의 계획에 유용한 서비스로 프로그램 설정을 변경하기 위해 컴퓨터를 켰다. 나름대로 자유로운 생활을 기대했던 기대는 수포로 돌아갔다. 하긴, 자유를 활용할 만한 능력이 그에게 없는지도 모른다.

샤워를 하고 나오자 피로가 싹 풀렸다. 대학입학 전형에 대한 부담이 의외로 컸나 보다. 침대에 누워 이런저런 상념에 잠겨 있는 동안 어머니가 샤워를 마치고 수건을 두른 채 욕실에서 나왔다. 사십 대의 몸매라고 할 수 없을 정도로 뇌쇄적이다. 뜨거운 눈길을 느낀 듯 어머니는 욕망의 불길을 추슬러 주었다. 세상에서 가장 이상적인 사랑이 아가페와 에로스를 아우르는 오이디푸스 콤플렉스나 일렉트라 콤플렉스라면 지나친 역설일까? 아버지와의 갈등, 어머니와의 갈등이 각각 콤플렉스로 침전하여 신화를 만들어냈을 뿐이겠지만.

　어둠이 내리자 식당가의 홀로그램이 사람들을 유혹했다. 식당마다 전자 눈이 설치돼 있어 가망고객을 가려내고 그가 선호할 음식을 광고판에 즉시 시연해 주었다. 어머니는 김치찌개, 강두는 해물탕이 선호음식으로 시연되었다. 어머니는 그녀의 선호를 버리는 데 조금도 주저하지 않았다. 해물탕 전문식당은 전통적인 방법으로 해물탕을 즉석에서 조리해 주는 곳이었다. 해물탕에는 다양한 조개와 게, 새우, 낙지, 미더덕 등이 많이 들어있어 맛이 담백하고 시원했다. 맛있는 식사가 실험쥐들 덕분이라고 생각하니 기분이 야릇하다.

　어머니도 오늘만큼은 고삐를 조금 늦추고 여유를 즐기려는 듯했다. 호텔에서 멀지 않은 고궁의 돌담길을 둘이서 나란히 걸어갔다. 연인들이 곳곳에서 진한 러브신을 연출하고 있었다. 그들은 주로 소득이 낮은 나라에서 돈 벌러 온 사람들이었다. 낮에는 우리나라 사람들이 거리를 점유하였으나 밤에는 해외 노무자들이 거리를 활보하였다.

　강두가 겁을 먹고 한적한 길로 가지 말자고 했으나 어머니는 개의치 않고 그의 팔을 잡고 계속 돌담길을 따라 위쪽으로 걸어갔다. 모퉁이를 돌아설 찰나였다. 맞은편에서 걸어오던 사내가 갑자기 스프레이를 뿌렸다. 그러자 길바닥이 뜬금없이 불쑥 일어났다.

강두가 눈을 떴을 때, 재갈이 물린 채 발가벗겨져 수술대 위에 큰 대자로 묶여있었다. 천장에는 하얀 조명등이 밝게 비춰주었고 옆 침대 위에서 수술이 진행되고 있었다. 어머니일 것이다. 장기밀매업자에게 납치된 모양이다. 어떻게 이런 끔찍한 일이….

어머니는 강두가 유전자의학과로 진학하기를 바랐다. 강두도 어머니의 생각대로 하려고 했다. 유전자 연구를 통해 생명의 신비를 밝힘으로써 유전자 개량과 생명 연장 등 인류의 진화를 도모하고자 함이었다. 전도양양하고 돈도 될 것 같았다. 지금 이렇게 납치되고 보니 범법자를 잡아 처단하고 사회 질서를 유지하는 일도 매우 중요한 것 같았다. 법학, 이는 매우 보수적이고 고루한, 시대에 뒤떨어지고 한물간, 연구할 것이 더이상 없는, 머리가 나쁜 사람들이 하는, 답답한 등의 수식어가 붙는 학문으로 알았다. 그러한 생각이 잘못된 것 같았다.

뇌는 브레인풀에 편입되고 장기는 냉동, 포장하여 암거래될 것이었다. 억울하고 분했다. 만약 여기서 탈출하게 된다면 단연코 법학을 전공하여 검사가 돼야겠다고 다짐했다. 독버섯 같은 장기밀매시장을 적나라하게 파헤치고, 그 악의 메커니즘을 뿌리째 뽑아버릴 것이다. 영문도 모르게 납치되어 생을 마감하는 억울한 사람이 더이상 발생하지 않도록 할 터다. 그렇게 하려면 우선 여기서 살아나가야만 한다.

만약, 만약에…. 여기서 이대로 분해된다면, 의식과 사고의 아이덴터티는 과연 어떻게 될까? 브레인풀 내에서 구성인자들의 개별 정체성이 독립적으로 유지될 수 있을까? 각자의 정체성이 하나로 통합되는 것일까? 브레인풀의 성격상 아마 없을 가능성이 크다. 브레인풀 편입에 앞서 정체성을 모두 삭제할 수도 있다. 그렇다면 브레인풀 편입, 그것은 죽음이나 다름없다, 죽음. 아, 무섭다. 제발, 살려줘.

합법적인 브레인풀은 원칙적으로 두 종류만이 허용된다. 첫 번째, 뇌사자의 경우 제1 순위의 법정상속인의 동의를 조건으로 브레인풀에 편입할 수 있다. 두 번째, 사형이 최종적으로 선고된 자, 불치병 환자, 칠십 세 이상의 노인 등의 경우, 본인과 제1 순위의 법정상속인이 동의하는 경우에 한하여 브레인풀에 편입할 수 있다. 그 외에의 브레인풀은 모두 불법인 셈이다.

뇌는 암시장에서 은밀하게 거래될 것이다. 브레인풀 업자는 뇌에 저장된 정보를 읽어내어 그대로 팔기도 하고, 많은 사람의 뇌를 신경세포 연결 장치로 연결하여 방대한 브레인풀을 만들기도 한다. 방대한 브레인풀을 만든 업자는 연구 및 개발 아웃소싱과 각종 컨설팅을 수행할 뿐만 아니라 사업성이 확실하면 직접 사업에 뛰어들기도 한다. 브레인풀은 저장할 수 있는 용량이 크고 입력된 정보가 많으며, 광범위하고도 전문적인 정보를 집중, 통합할 수 있을 뿐만 아니라, 통합의 상승 시너지가 엄청난 까닭에 전문성은 말할 나위 없고 창조성과 판단력에 이르기까지 그 능력이 상상을 초월할 정도로 특출나고 그 쓰임새 또한 방대하다. 브레인풀의 엄청난 위력에 비해 진입장벽은 크게 높다고 할 수 없다. 이러한 점 때문에 많은 자금과 우수한 인력이 브레인풀 업계로 모여들고 있다. 브레인풀 업자가 합법적인 법인이라 하더라도 브레인풀 편입 뇌는 불법적인 유통망을 통하여 사들이는 경우가 많다.

　나이 어린 사람들을 마구잡이로 납치해 브레인풀에 편입시킨다면 인력자원 고갈이 핫이슈로 부상할 터이고 사회적 지탄마저 빗발칠 터이다. 그렇게 되면 검찰과 경찰의 단속이 엄청나게 강화될 건 뻔하다. 그런 이유에선지 모르지만 육십 세 이하의 뇌는 절대 거래하지 말자는 신사협정을 업자들끼리 맺었다는 소문이 돌았다. 그러나 불법 유통업자들의 배후는 대개 마피아와 같은 세계적 범죄 집단들이고 보면, 그러한 신사협정을 철저히 지킨다는 보장도 없고, 위반했을 경우에 실효성 있게 그들을 제재할 방법도 없다.

　불법 유통조직의 상층부가 비록 신사협정을 지킬 의사가 있다고 하더라도 조직의 행동대원인 현장의 세포는 마구잡이로 사람을 납치해 실적을 올리려고 할 것이다. 어머니와 강두를 납치한 놈들도 현장에서 활동하는 행동대원인 세포, 말하자면 동네 건달일 것이다.

놈들이 어머니를 분해하는 소리가 들려왔다. 오, 하느님! 팔다리에 힘을 주어 보았으나 침대에 꼭 묶여 소용이 없다. 삐거덕거리는 소리가 나자 놈들이 힐끗 돌아보았다. 흰 가운에 피가 얼룩져 있다. 어머니의 피다. 얼른 눈을 감았다. 눈물이 하염없이 흘러내렸다. 어머니의 주도면밀한 계획에 따라 인내하고 절제하며 지금까지 성실히 살아온 나날들이 주마등처럼 스쳐 지나갔다.
　억울하고 분하다는 생각이 든다. 되려고 한 사람, 하려고 한 일들을 생각해 본다. 그런 것들의 실체가 전혀 떠오르지 않는다. 애초에 없었거나 어머니의 뇌 속에 있었는지 모른다. 그 스스로 그것들을 생각해 본 적은 없다. 그것들은 어머니의 몫이다. 그렇다면 죽음에 임해 그가 억울한 것은 과연 무엇일까?
　어머니의 해체작업을 완료하였는지 놈들이 그에게로 왔다. 그는 눈을 꼭 감고 숨을 죽였다. 어머니가 그의 곁을 영원히 떠난 지금, 이젠 그에게 남겨진 것은 무엇인가? 그에게 꿈은 더이상 어디에도 없다. 그래도 억울하고 분하다. 살려달라고 빌고 싶다. 눈물이 자꾸 난다. 누군가 그의 팔에다 주사를 놓았다. 잠이 온다. 지금 자도 되는 건지… 어머니는 이제 없다. 그런데 뾰쪽한 생각이 나지 않는다. 백지다, 백지. 그가 쌓아온 모든 것이…. 그래, 자고 나서, 내일, 다시 생각해 보는 거야.

넷

마지막 해후

    화성의 붉은 땅 위에 서서 먼 우주 공간을 멍하니 바라봤다. 그의 고향이자 인류의 보금자리인 지구가 머리 위에서 푸르고 작은 눈으로 찬찬히 지켜봤다. 문득, 그 작은 점에서 살아왔던 지난날이 파노라마처럼 뇌리를 스치고 지나갔다. 이 광활한 우주에서 인간은 먼지만도 못한 보잘것없는 미미한 존재일진대 무엇 때문에 서로 못 잡아먹어 전전긍긍해 하는지 모를 일이다. 저 조그마한 티끌 안에서 땅따먹기에 열을 올리고 안달복달하는 인간이 가여웠다. 하지만, 그 또한 그 점 속에 있을 댄 그 점 밖을 보지 못하고 가슴을 쥐어뜯었던, 벌레보다 못한 속 좁은 한 인간이었다.

    그 조그마한 푸른 점 안에서 학문과 문화를 발전시켜 나름 찬란한 인류문명을 일으켜 세웠으니 인간이 대단한 존재라는 사실을 부인하긴 힘들다. 황량한 우주 속에서 홀로 독야청청 파랗게 빛나는 걸 보더라도 인류의 꿈과 희망이 마냥 허망하다고만 볼 순 없겠지. 저 작은 먼지 위에서 손을 마주 잡고 서로의 존재 이유를 찾고 있는 것이 허무한 인생을 의미 있는 삶으로 바꾸어가는 원동력인지도 몰라. 그렇다면, 지구의 삶에 적응하지 못하고 여기 화성까지 쫓겨온 건 그 손을 뿌리치고 나온 탓이란 말인가. 후회하지 않아. 박재한은 머리를 흔들며 중얼거렸다.

아버지는 알코올 중독자, 성도착자, 섹스중독자였다. 여자라면 사족을 못 쓰고 침을 흘렸다. 틈이 보이고 기회를 잡으면 시도 때도 없이 아무 데나 가리지 않고 들이대고 보는 미친놈이었다. 대학 다닐 때, 축구선수로 뛰다가 발목이 부스러져 낙오하면서 갈 길을 찾지 못하고 술로 세월을 보내다가 알코올 중독자가 된 모양이었다. 축구만 보고 달려오다가 갑자기 길이 막혔으니 하늘이 무너져내린 꼴이었을 터다. 인생은 길고 복잡다기한데, 절망하지 않고 다른 길을 찾았다면 더 나은 길도 있었을 터다. 하지만, 아버지는 운명의 신을 원망하며 꼬장을 부렸다.

아버지는 젊음의 솟아오르는 힘을 주체하지 못하고 술과 섹스를 유일한 배출구로 삼았다. 강한 골격과 운동신경을 타고난 데다 비주얼까지 남다른 까닭에 바람끼 있는 여성의 눈을 끌기엔 충분했다. 어머니도 눈에 뵈는 그런 매력에 끌려 아버지의 품에 안겼다. 재한이 태어나고 아버지의 실상을 알게 된 어머니는 그를 두고 미련 없이 집을 떠났다. 세상은 넓고 여자는 많았다. 개념 없고 물정 모르는 여자도 부지기수였다. 아버지는 그런 여자를 귀신처럼 찾아내 성욕의 제물로 삼았다. 얼마나 많은 여자가 아버지의 손을 거쳐 갔는지 알 수 없었다. 재한이 철들고 기억에 남는 여자만 해도 셋이나 됐다. 세 명의 어설픈 여자도 곧 정신 차리고 도망가긴 했다. 굳이 비유하자면 아버진 국가가 주는 복지비로 배를 채우고선 나들이 나와 자유로운 시간을 보내는 여자, 세상 물정 모르는 암캐를 노리는 발정 난 수캐였다. 하지만 세월을 이기는 장사는 없는 법, 나이가 들고 알코올 중독 정도가 심해지자 아버지의 매력 포인트도 급속히 빛을 잃었다. 그에 따라 아버지가 기대야 할 것은 오직 술밖에 없었다.

아버지는 결혼한 적이 없는 완전 숫총각이었지만, 아들 하나, 딸 하나를 뒀다. 출산율을 끌어올릴 의도로 미혼 부모에게도 혼외자녀를 입적할 수 있게 입법 조치한 덕분에 재한과 배다른 여동생 재선은 미혼의 아버지 밑으로 입적될 수 있었다. 두 자녀를 둔 덕분에 굶지 않고 생활할 정도의 돈을 매달 받을 수 있는 복지제도는 아버지에겐 성가신 두 자녀를 버리지 못하도록 단단히 묶어 둔 동아줄인 동시에 젖소와 같은 생명줄이었다.

성중독 증상이 심한 아버지는 여자를 사귀기 힘든 형편이 되자 그 넘치는 섹스 욕구를 억제하지 못해 몸부림쳤다. 침대에 누워 스마트폰으로 야동을 보면서 자위행위를 하는 것으로 아쉬운 대로 급한 불을 끄는 듯했다. 거실에서 여동생과 함께 TV를 보는 중에 방에서 여성의 야릇한 교성이 새어 나올 땐 재한은 가슴이 답답하고 화가 나서 집을 뛰쳐나오곤 했다. 재선은 모르는 척하면서 버티는 편을 택했다.

그러던 어느 날, 재한이 현관문을 열고 들어섰는데, 왠지 평상시와 분위기가 살짝 달랐다. 숨을 죽이고 있자니 방에서 가쁜 숨소리가 새어 나왔다. 그게 무슨 소리인지, 방에선 무슨 일이 일어나고 있는지, 바로 짐작이 갔다. 우려하고 걱정하던 일이 기어코 벌어진 모양이었다. 분개하고 뜯어말려야 할 상황이었지만 재한은 그냥 밖으로 튀어 나갔다. 분하고 화가 나 손이 벌벌 떨렸으나 정작 눈물만 하염없이 쏟아졌다. 인근 공원의 벤치에 앉아 한참 동안 소리 내어 통곡했다. 재선아, 오빠가 지켜주지 못해 정말 미안해. 아, 이제 이일을 어떻게 해야 하나.

그 일을 겪고 난 후, 재한은 여동생 재선을 바로 보지 못했고 의식적으로 밖으로 나돌았다. 정 갈 곳이 없으면 도서관에서 소설을 읽거나 공원 벤치에 앉아 멍 때리며 시간을 보냈다. 세월이 약이라 해서 세월이 가면 괜찮을 줄 알았다. 시간이 지나면 출구가 보일 줄 알았다. 웬걸, 시간이 지날수록 문제가 풀리긴커녕 더욱 꼬여갔다.

혼자 고민하고 괴로워하던 여동생 재선은 결국 극단적 선택을 시도했다. 수면제를 복용하고 쓰러져 있는 것을 재한이 발견하고 119에 신고했다. 병원에서 위를 씻어내고 나서야 겨우 회생했다. 조금만 늦게 발견됐으면 정말 위험할 뻔했다. 그런 상황에서도 아버지는 자신의 잘못으로 인해 불미스러운 사태가 발생했다는 사실을 인정하지 않았고, 인면수심의 범행을 전혀 뉘우치지 않았다. 그 짓거리를 언제부터 다시 계속할 수 있을까에만 관심을 두는 듯했다. 하루빨리 건강을 회복해야 할 텐데, 불면증이 있으면 아빠한테 먼저 말해야지. 아빠 사랑이 부족했나 보구나. 그 인간의 뒤통수를 치고 싶은 충동이 치솟았지만, 간신히 참아냈다.

그는 역시나 쓰레기였다. 그 험한 일을 겪고 겨우 몸을 추스르고 있는 여동생을 계속 못살게 굴었다. 그 끝이 보이지 않았다. 쓰레기를 치우기 전엔 그 추악한 냄새를 없앨 수 없다. 몇 날 며칠, 밤을 새워 고민하고 숙고한 끝에 재한은 마침내 어려운 결단을 내렸다. 여동생 재선이 없는 틈을 타서 술에 취해 자고 있던 쓰레기 같은 성도착자를 단숨에 처단했다. 그가 좋아하던 소주병으로 이마를 여러 차례 가격했다. 머리가 깨져 뇌가 흘러내렸지만, 술로 꽉 찬 소주병은 품은 술을 놔주지 않았다.

검찰은 선량한 미풍양속을 파괴한 천인공노할 존속 살해죄로 재한에게 사형을 구형했지만, 법원은 감형 없는 무기징역에 화성유배형을 선고했다. 국선변호인이 아버지의 폭행 특히 여동생에 대한 상습적인 성폭행을 고변하면 정상 참작될 수 있다고 충고해 주었으나 재한은 시종일관 눈을 감고 입을 닫았다. 비록 지난 과거엔 여동생을 지켜주지 못한 못난 오빠였으나 뒤늦게라도 사랑하는 여동생의 명예 정도는 지켜주는 게 마지막 남은 최소한의 도리라 생각했다. 그런 추악한 허물을 혼자 안고 가는 것이 맞는다고 생각했다. 앞날이 창창한 여동생의 치명적인 프라이버시를 밝히기 힘들었고, 그걸 공개해서 감형받긴 더욱더 싫었다. 핏줄을 뛰어넘어 진정 사랑했지만, 남매라는 사슬에 매여 고이 바라만 봤던 애절한 감정이 새삼 솟구쳐올랐다.

누군가 휴게실에서 지구를 바라보며 회상에 잠겨있던 재한의 어깨를 툭 치며 한국말로 말을 걸었다. 그는 최근 새로 입소한 민성화였다. 그는 안광이 형형하고 기골이 탄탄해 보이는 카리스마 넘치는 사나이였다. 딱 봐도 범상찮은 인물임을 느낄 정도로 비주얼이 남달랐다. 못돼도 잘나가는 뒷골목의 왕초는 돼 보였다. 하긴, 여기 올 정도면 살인은 기본일 터니 깡패 두목 정도로 보는 것이 가장 그럴듯한 추정일 것이다.

민성화는 입소하자 바로 실전 태권도로 분위기를 장악하고 기세를 떨치며 화제의 중심에 섰다. 공중을 날아다니듯 발을 차올리고 돌개바람처럼 몸을 회전하는 모습은 신기에 가까운 묘기였다. 너도나도 실전 태권도를 배우겠다고 줄을 섰다. 저마다 한 성깔 한다는 독종이 일제히 머리를 숙이고 제자가 되겠다니 그의 장악력과 카리스마는 정말 대단했다. 그런 민성화가 재한에게 관심을 갖고 접근하는 건 아마도 동족으로서의 본능적인 끌림 때문일 터다.

"한국사람이죠?"

"맞습니다. 박재한입니다."

"아이고, 반갑습니다. 난 민성화요. 한국사람, 혼자입니까?"

"예, 지금까진. 저쪽 미즈 여성관에 젊은 한국 여자가 있습니다. 아마 아실 거예요. 한때 나라를 떠들썩했으니까."

"그래요? 박재한씨도 나이가 그리 많지 않아 보이는데 몇 살이요?"

"이제 서른이고, 여기 온 지 삼 년 됐습니다."

"생각보다 더 젊네. 난 겨우 마흔이요. 앞으로 날 큰형님으로 생각하고 편하게 말해요. 앞으론 말 놔도 되겠지요."

"당연하지요, 큰형님."

"이런 데 올 것 같지 않은데, 어떤 일로 왔나?"

"존속 살해요."

"엥, 그런 일을! 그래, 다 사정이 있겠지. 얼마나 애를 먹었으면… 말 안 해도 알겠다. 몇 년 전, 뉴스에 났던 그 사건이구나. 이제 어렴풋이 기억나네. 살해된 아버지가 딸애를 성폭행했다는 말이 나왔는데… 범행용의자인 아들이 그런 주장을 전혀 하지 않아 중형을 받았다고 하더라만… 그렇다면 저 여자 쪽 애도 아버지한테 능욕당하고 아버지와 할머니를 죽이고 솥에다 삶았다는, 그 유명한 딸애인가. 이제 스물 대여섯 살 정도 됐으려나. 그 당시 화성으로 간다는 말이 있었지. 참, 살다 보니 전설적인 인물들을 이런 데서 모두 다 만나네."

"큰형님, 여기선 남의 죄를 묻고 이러쿵저러쿵 입 대는 건 금깁니다. 워낙 험한 사람들이라 큰형님도 조심하시지요."

"알았어. 스마트폰 통역 앱으로 겨우 소통하는 상황인데, 그런 일이 잘 일어나겠냐. 얘기할 것도 많이 없고… 그렇잖니?"

"그건 그렇지요."

"우린 서로 말이 잘 통하니까, 이런 얘기도 해보는 거다. 또 우리끼리 숨겨봐야 뭐하겠니. 우리나라에서 여기 온 사람, 달랑 세 명, 언론 방송에 다 까발려졌는데, 그 이상 무슨 망신이 더 있을까. 알만한 사람은 다 아는 판에, 그렇잖니."

"말이 그렇다는 거죠. 큰형님이 걱정돼서요."

"오케이! 무슨 말인지 알겠어. 접수. 자러 가자. 내일 봐!"

"예, 큰형님, 주무세요!"

민성화는 정보를 교환하고 우의를 다지는 인터넷 공간, 사이버 대화방을 만들었다. 필요한 경우 통역 앱으로 소통하긴 하지만, 그래도 직접 대면으로 말이 바로 통하지 않아 서먹서먹했기에 문자로 소통하는 공간이 유용할 것이라는 판단에서였다. 번역 앱이 필요한 건 매 한 가지였지만, 자국 언어를 입력하면 바로 영어로 변환되고 각 개인의 폰 화면엔 영어로 나타나지만, 본인이 선택하면 다시 자국 언어로 변환되는 시스템이었다. 이는 마치 카카오의 단톡방에서 대화를 나누는 것이랑 똑같았다. 막상 방을 개설하고 사용해본 결과 예상외로 호응이 좋았다. 다만, 외부 인사를 연결할 수 없는 까닭에 미즈 남성관 내 수형자끼리만 소통 가능한 것으로 만족해야 했다.

하지만, 민성화는 그런 상황에 불만을 품고 외부와 연결하고자 애를 썼다. 지구의 본부에서 미즈를 감시하고 감독하기 위해 깔아놓은 시스템을 활용하면 외부와 연결 가능하다는 사실을 알고 있었기 때문이었다. 실제로 그는 그 시스템을 해킹해 한국의 지인과 문자를 주고받는 시범을 보여주기까지 했다. 그는 정말 대단한 해킹 실력자라 할만했다. 그는 인터넷 게시판을 통해 끊임없이 인터넷 외부개방을 건의했고, 그에 관해서 모든 수형자가 '하트'를 누르며 그의 제안에 힘을 실어줬다.

그렇지만 본부는 요지부동이었다. 민성화는 포기하지 않고 끈질기게 투쟁했다. 전 수형자가 돌아가면서 건의를 올리고 그 외의 사람은 모두 하트를 눌렀다. 한 바퀴가 돌아가고 다시 2회전으로 같은 작업을 되풀이하고 있던 어느 날이었다. 알림판에 뜻밖의 공지사항이 떴다. 무제한 개방은 시기상조라 판단하고 우선 화성의 미즈 내부의 남녀 수형자를 같은 대화방에서 소통할 수 있도록 허용하겠다는 내용이었다. 모두 환호를 질렀다. 그것만 해도 획기적인 수확이었다. 여자들과 대화를 나눌 수 있다는 생각에 모두 한껏 고무돼 있었다.

미즈의 남녀공용 대화방이 열리고 남자 측에선 민성화, 여자 측에선 김신정이 첫 테이프를 끊을 주자로 등 떠밀려졌다. 인터넷과 SNS 쪽에 밝고 문자 입력에 능한 사람이 적합하다는 여론이 조성되고 그런 분위기를 타 자연히 민성화와 김신정이 추대된 듯했다. 민성화가 남자 쪽에서 확정적이다 보니 같은 동족에 젊은 한국 여성인 김신정에게 눈길이 간 점도 영향을 미쳤다. 일제히 각자의 폰을 열고 역사적인 두 사람의 첫 대화를 주시했다.

"김신정씨, 오랜만입니다. 민성화입니다."

"반갑습니다. 김신정입니다."

"이 멀리, 화성까지 와서 이렇게 만나니 감회가 조금 특별하네요. 감정이 북받쳐 오르는 듯합니다."

"예, 그렇네요. 전 여기 5년차인데요. 여기 온 후, 한국인은 처음 대합니다. 그래서 더 반갑고 가슴이 설렙니다."

"여기 오니, 박재한이라고, 한국인 동료가 한 사람 더 있어요.

앞으로 자주 들어와 이야기 나눠요."

"예, 그러겠습니다. 앞으로 많이 가르쳐 주세요."

"그리고, 거기 여성들 모두 적극 참여하도록 독려해서, 이 대화방이 모범적으로 운영될 수 있도록 해봅시다. 우리가 앞장서야지요. 우리의 노력이 좋은 결과로 이어진다면, 지구 곳곳으로 이 대화방이 개방될 수 있도록 최선을 다해 힘써볼 생각입니다. 그래서 가족 친지들의 얼굴도 보고 서로 소식도 전할 수 있도록 만들어 봅시다. 육신은 격리시키더라고 정신과 마음까지 가둬두라는 법은 없거든요. 안 그렇습니까?"

"민 회장님 말씀에 전적으로 동의합니다. 회장님 인도하는 대로 따르겠습니다. 그렇게 되었으면 정말 좋겠습니다."

"역시 통하는 데가 있군요. 예감이 좋습니다. 오늘은 요 정도로 하고, 다른 사람들 이야기도 들어 볼까요."

대화방이 열렸지만, 생각보다 활발한 거 같지 않았다. 여론을 들어본 결과, 그 원인을 대충 세 가지로 정리할 수 있었다. 상대방에 대해 성별 외엔 다른 스펙을 알 수 없었고, 공통 화제도 부족했으며, 결정적으로 대화가 공개돼 있어 와이담이나 비밀스러운 사적 대화가 부담스러웠다는 것이었다. 누구나 쉽게 수긍할 만했다.

민성화는 공개 채팅방에 입장해 자신의 사진과 나이, 취미, 국적 같은 간단한 스펙을 올리도록 적극적으로 홍보했다. 그리고 공개 대화방의 보완 사항으로 1:1 개인 채팅이 가능한 개인 대화방을 허용해달라는 건의를 올렸다. 한번 뚫린 물꼬여서 그런지, 그다음 개선 사항은 의외로 용이하고 신속했다. 부가적인 예산이 들지 않는 데다 인권단체의 응원이 주효한 듯했다. 1:1 개인 채팅방은 신의 한 수라 할만했다. 다들 최선의 상대를 선택해 파트너로 삼고 사적이고 은밀한 대화에 열중했다. 공개 대화방은 한산했지만 1:1 개인 채팅방은 열기가 뜨거웠다.

　민성화는 창의적인 발상, 난관을 돌파해내는 추진력, 포기하지 않는 강인한 정신력, 안주하지 않는 도전정신 등 리더로서 필요한 요건을 두루 갖춘 보기 드문 인물이었다. 우수한 두뇌와 뛰어난 신체는 금상첨화였다. 그는 작은 나라가 생존하는 저력이 무엇인지, 유례를 찾기 힘든 성장의 모멘텀이 무엇인지를 해명해주는 사람이었고, 대한민국의 정체성을 상징하는 존재라 해도 모자람이 없었다. 납치 살해, 장기 매매, 불법적인 브레인풀 운영 등 그의 알려진 죄과를 두고 미루어 짐작한다면 도덕성이란 기본요건을 갖추지 못한 점은 아쉽고 안타까운, 결정적 결함이었다. 그렇지만 그런 기본요건은 평범한 사람의 판단 기준일 뿐 비범한 인물, 이를테면 알렉산더나 칭기즈칸과 같은 영웅은 예외로 취급할 법도 했다. 어쨌든지, 박재한은 민성화를 한국인으로서가 아니라 진정한 리더로서 극진히 예우했고 롤모델이자 우상으로서 높이 받들었다.

재한은 아무래도 생김새도 익숙하고 사고도 비슷하며 말도 잘 통하는 여자, 김신정에게 관심을 두고 있었다. 그러던 차에 민성화가 그녀와 사귀어 보라고 부추겼다. 앞으로 가려고 하는데 뒤에서 등 떠밀어주는 꼴이라 내심 반가웠으나 괜히 떨떠름한 척 발을 빼며 눈치를 살폈다. 민성화가 답답한 듯 말했다.

"먼저 깃대 꼽는 놈이 임자야! 빨리 결정하고 얼른 오퍼를 넣으란 말이야. 저쪽 여자 수가 이쪽의 반밖에 안 돼. 어영부영하다간 하나도 안 얻어 걸린다. 지금, 김신정이 남아있는 것도 나에 대한 예우로 내 몫으로 남겨둔 것이야, 그런 거 모르겠나?"

"큰형님, 잘 알겠슴다. 오늘 바로 오퍼 넣겠슴다."

"그래, 내가 바로 펌프질 해놓을 테니. 잘해봐."

"옙!"

재한이 등을 돌려 급히 개인 캡슐로 가는 동안, 민성화는 그 자리에서 바로 그녀와 접속했다.

"정아, 여기 괜찮은 총각 하나 있는 거, 알지? 저번에 얘기했는데…, 파트너로 맞아들일 생각 없나? 나이도 서른이면 둘이 얼추 맞을 것 같고."

"회장님, 박재한씨 말이죠."

"헐! 벌써, 썸 타고 있는 건 아니겠지? 비주얼이 멋지고 성격도 좋아. 알고 보니 착한 녀석인데, 의협심과 정의감이 넘쳐서 그만 잘못을 저지르고 여기 온 거 같더군. 하긴, 여기 있는 사람들, 나쁜 사람이 하나도 없긴 하지. 다들 딱한 사정과 나쁜 환경이 이리로 떠민 거지. 정아도 물론이고. 그렇지 않아?"

"회장님 말씀이 다 맞습니다. 근데, 그분이 저 같은 여자랑 말 섞으려고 하겠어요. 다 억울하게 온 거 같은데, 전 아니거든요. 억척스럽게 열심히 살아온, 죄 없는 할머니를 그만……"

"어, 이거 이야기가 엉뚱한 곳으로 새는데…, 어쨌든 싫지 않은 거, 확인했으니, 내가 한 번 다리 놔 줄게. 문자 오면 바로 받아 봐. 정아, 들어가, 바이."

"감사해요."

민 회장의 말이 틀리지 않았다. 개인 대화가 가능해지자 바로 서로 파트너를 맺고 사적 대화를 나누느라 정신이 없었다. 사적 대화라 해봐야 서로 음담패설을 나누는, 한때 한국에서 유행했던 대딸방 수준이었다. 그렇게라도 성적 욕구를 해결하니 기대하지 않은 선한 효과가 나타났다. 남색이 시들해지고 자위가 대세로 바뀌었다. 자유시간이면 개인 캡슐에 틀어박혀 야한 대화를 나누며 달아오른 몸을 훑어내느라 다들 손이 바빴다. 조금 유치하고 창피하긴 했지만, 재한도 김신정에게 문자를 보냈다.

"안녕하세요, 김신정씨. 전 박재한입니다. 대화 가능할까요?"

"아, 예. 민 회장님 소개 문자 받아 봤습니다. 반갑네요."

"소개까지 할 것도 없는 사람입니다. 그냥 이런 데서 알게 돼 부끄럽습니다."

"헐, 그건 저도 마찬가집니다. 오죽하면 여기까지 왔겠습니까."

"아이고, 제가 실수했나 봅니다. 그런 뜻이 아니고 제가 정아씨한테 프로포즈할 자격이 안 되는 것 같아서, 자책하는 마음에서 깊이 생각 안 하고 한 말이니까, 신경 쓰지 마세요. 반성합니다."

"저도 그냥 해본 말인데, 민감해 하시니까, 더 이상해요."

"이런 이야기 나온 김에 깔끔하게 정리하는 게 앞으로의 우정을 위해 좋을 것 같아요. 사실, 저는 존속 살해, 구체적으로 아버지를 살해한 혐의로 무기징역을 선고받고 여기로 왔습니다. 당시 사랑하는 여동생을 지켜주기 위해 저지른 것이긴 했지만 천륜을 저버린 범행으로 비난을 많이 받았슴다. 나도 할 말이 많았지만 계속 살아가야 할 어린 여동생의 장래를 생각해서 참았습니다. 다시 그 상황에 처한다고 해도 똑같이 해치워버릴 겁니다. 다른 방법이 없거든요. ㅜㅠ"

"먼저 털어놓으시니, 저도 마음이 편합니다. 저도 아버지와 할머니를…"

그녀가 자신의 과거사를 털어놓을 낌새를 보이자, 재한은 재빨리 그녀의 문자를 끊었다.

"아, 정아씨, 정아씬 제 이야기를 모르시겠지만, 전 정아씨 사

넷 _ 마지막 해후 109

연 잘 알고 있습니다. 많은 사람이 그 행동에 공감했고 울분을 토로했습니다. 정아씨의 정당방위를 주장했고 무죄 탄원서에 서명했습니다. 나도 그때, 내가 어떻게 해야 하는지, 깨달았습니다. 정아씨가 나의 선택에 결정적인 영향을 준 셈이지요. 말하자면 스승입니다. 그러니, 더이상 그 이야기 안 하셔도 됩니다. 우린 너무 비슷하고, 어쩌면 지금 만남이 예정된 운명인지도 몰라요."

"ㅠㅠ……"

"정아씨, 울지 마세요. 우리 만남이 운명이었으면 좋겠어요. 비록 서로 만나지 못하는 상황이지만, 제가 마음으로나마 힘이 돼 드릴게요."

"말만 들어도 고맙네요. 재한씨 사연을 듣고 깜짝 놀랐어요. 근데, 신기한 게, 그게 위로가 되네요. 지금까지 그 어느 때보다도 마음이 편안하거든요. 이상하고 신기해요. 나는 태생이 나쁜 사람인가 봐요. 모태 마녀가?"

"그럴 리가 있습니까, 정아씨. 자기 부모의 생명을 앗은 사람이 세상에서 가장 불운하고 불쌍한 사람이라고 굳게 믿어요. 부모가 얼마나 나쁜 짓을 했으면, 감히 그런 행동을 하겠어요. 탈출구가 없고 다른 방법이 없거든요. 내가 직접 겪어보니, 그 사정, 너무 잘 알겠고, 다른 사람의 행동이 잘 이해가 되더라고요."

"허걱, 나만 그렇게 생각하는 줄 알았는데, 동지를 만났네요.

재한씨, 우리 지금부터 서로 친구 해요.^^"

"서로 친구, 좋죠. 정아씨, 여기선 파트너로 통하네요. 변치 않는 좋은 친구로, 힘들 땐 서로에게 힘이 됩시다. 서로 친구 맺었는데, 정아씨, 재한씨, 이런 식으로 불러야 하겠어요? 정아라고 부를 테니, 오빠라고 불러줘요. 어때요?"

"굿 아이디어! 좋아요, 오빠! 이러면 됐죠? 오빠! 좋은데요. 글고, 오빠, 말 놔도 되죠?"

"정아가 내 동생이라면 당연히 말 놔야지. 앞으로 매일 문자 할게. 오늘은 요 정도로 하자. 정아, 잘 자!"

"오빠, 잘 자."

마음을 닫고 외롭게 생활하다가 오랜만어 마음에 맞는 여친과 흉금을 터놓고 얘기를 하고 나니 날아갈 듯 기분이 좋았다. 지금까진 여동생 재선을 위해 올바른 일을 수행해냈다는 자부심으로 죄의식을 극복해왔고, 인류를 위해 소중한 광물자원을 채취했다는 성취감으로 고단한 일상을 버텨냈으며, 지구를 위해 유해 물질을 처리했다는 정의감으로 외로움을 이겨냈다. 그래도 항상 뭔가 빈 구석이 있어 그 빈 곳을 채우고자 자유시간엔 늘 도서관에서 열심히 책을 읽었다. 그러나, 그동안 헛다리를 긁고 있었다는 것을 비로소 깨달았다. 정아와 대화하고 나서, 그 빈 구석이 꽉 차오르는 움직임, 그 신비로운 변화를 확실히 느꼈기 때문이었다.

잠자리에 들었으나 잠이 오지 않았다. 아무리 힘들고 고통스러워도 다시 일어설 수 있다는 가느다란 기대감이 꿈틀거리기 시작했다. 전설 속에서나 존재할 만한 희망의 불씨를 뒤적이며 가능할 것 같지 않은 꿈의 실현을 다짐하는 자신이 대견했다. 비록 지구로 돌아갈 수 없다고 하더라도, 새로운 삶을 개척해야 할, 결코 포기할 수 없는 이유가 운명처럼 생겨난 것이다.

비록 지금은 서로 만날 수 없는 처지이지만, 언젠가 서로 자유롭게 만날 날이 반드시 올 것이라고 기대할 수 있을까? 민성화가 있으니까, 해보는 거다. 화성에서의 삶을 기꺼이 받아들이고 죽도록 노력한다면, 거칠고 황량한 땅과 숨 막히는 허공만이 존재하는 이 무정한 행성에서 과연 의미 있는 새역사를 써나갈 수 있을까? 김신정이 있으니까, 해보는 거다. 그런 소설 같은 상상이 현실이 될 수 있다는 믿음과 그 믿음에 터 잡은 절절한 희망이 한 사람의 존재로 인해 파릇파릇 싹트고 있었다. 그는 화성을 제2의 호주로 만들어가야 한다는 생각에 휘감겨 날 밤을 꼬박 지새웠다.

재한의 마음속에는 이제 자포자기와 외로움과 무료함보다 보람과 희망이 뿌리를 뻗기 시작했다. 절망스럽고 정떨어지는 화성의 땅 한가운데에 발 딛고 서서 새로운 삶을 개척하기 위한 의지를 굳게 세우고, 매일매일 주어진 의무에 충실히 하는 한편, 인권 개선과 선한 변화를 위해 투쟁적으로 노력하기로 굳게 마음먹었다. 삶은 어느 한순간이라도 소중하지 않은 때가 없다. 발을 내디딘 곳이라면 그 어디서라도 꿋꿋이 살아남아 사랑하는 사람을 지키겠다는 마음을 굳게 다지고, 사로운 목표를 향해 힘차게 나아가는 거다. 화성에서의 삶은 그에게 새로운 시작이자 자신을 한 단계 더 업그레이드시키는 기회이다. 그렇다. 생명은 사랑이 존재하는 한 결단코 포기할 수 없는 절대 가치다.

시간은 끝없이 연속된 줄과 같아 어제와 오늘이 다르지 않지만, 그 속에서 삶을 영위하는 인간은 시간의 줄을 잡고서 울고 웃는다. 어제와 변한 게 없는 세상이지만 뜬눈으로 밤을 새운 재한은 전혀 다른 사람으로 다시 태어났다. 그의 얼굴은 생기가 넘쳐났고 발걸음은 날렵하고 활기찼다. 그를 대하는 사람도 그의 충만한 에너지를 느끼고 또 받아 갔다. 한 사람의 힘이 의미 있는 변화를 이끌어내는 추동력으로 작용한 본보기라 할만했다.

재한은 꿈같은 시간을 보냈다. 작업 중엔 자유시간의 달콤함을 상상하면서 무미건조한 노역을 즐겼고, 자유시간엔 개인 튜브에 틀어박혀 정아와의 대화로 시간 가는 줄 몰랐다. 민성화는 그런 재한을 지켜보며 두 사람을 붙여준 데 대한 보람을 느끼기도 했지만 조금 질투도 났다. 젊은이의 사랑이 얼마나 강렬한지 알고 있었기에 뒤늦게 불붙은 그들의 사랑이 물불 가리지 않고 들이댈까 봐 걱정도 됐다. 엄격한 규율을 어기고 만나자고 뛰어가는 등 무슨 사고를 칠지 모를 일이었다.

참고 망설이던 민성화는 한창 달아올라 똥오줌 못 가리는 재한에게 조금 제동을 걸어 사랑의 날카로운 불을 뭉근하게 만들어 오래도록 지속되도록 해주는 것이 큰형의 도리라고 생각했다. 자유시간을 기다려 개인 캡슐로 가는 재한을 잡고 말을 걸었다.

"재한아, 나하고 얘기 좀 하자."

"예, 큰형님. 왜 그러십니까?"

"니 때문에 형이 요즘 잠을 설친다."

"왜요?"

"니가 사랑에 너무 깊이 빠진 것 같아서 그런다."

"큰형님이 그렇게 되길 바란 거잖아요. 큰형님, 고맙게 생각하고, 평생 은인으로 모실게요. 좋은 여자 소개시켜 주셔서 정말 감사해요."

"재한아, 다 좋고, 또 한창 젊은 나이에 그 정도도 못하면 사람도 아니지. 너나 정아나 착하고 순수한 아인데, 어쩌다가 여기까지 와서 그러고 있으니, 그게 문제야. 니도 잘 알다시피 우린 화성에 격리된 몸이고, 외부 사람을 만날 수도, 면회할 수도 없는 상태인데, 사랑에 빠져서 정신이 없으니, 어찌 걱정이 안 되겠니. 요즘 작업 중에 니만 쳐다본다. 니가 이뻐서이면 좋겠지만, 그게 아니고, 니가 혹시나 미즈 여성관으로 정아 만나러 갈까 봐 걱정이 돼서 안 카나."

"아이고, 큰형님! 그걸 어떻게 아셨어요? 정말 그러고 싶어 몸이 근질근질합니다. 큰형님은 정말 귀신입니다."

"이놈아, 웃을 일이 아니야. 작업시간에 맞게 산소가 충전돼 있는데, 니가 거기로 갈 수 있겠나. 갈 수 있다고 하자, 100% 들킨다. 잡히면 바로 지구로 끌려가서 극형에 처해 질 수 있어. 사형제가 남아있는 나라로 넘길 수 있거든. 사랑을 오래도록 누리려 한다면 절제하는 법도 배워야 해. 그냥 내키는 대로, 하고 싶은 대로 하다간 바로 끝나는 수가 있어. 만사 조심하고 절제해야지."

"큰형님, 큰형님 말씀 잘 새겨듣겠습니다. 큰형님께 걱정 끼치지 않도록 주의하겠습니다. 저도 사실 제가 사고 칠까 봐 살짝 겁이 나거든요. 앞으로 대화시간도 줄이고, 감정에 지나치게 사로잡히지 않도록 마음을 조져 앉히겠습니다."

"그래, 그래야지. 문제가 있다면 시간을 갖고 함께 찬찬히 풀어보자. 1단계로 남녀가 서로 만날 수 있도록 하고, 2단계로 사랑하는 사람끼리 결혼해서 애를 낳아 키울 수 있도록 해보자. 우리 모두 똘똘 뭉쳐 노력하면 다 해낼 수 있다. 그때까지 견뎌내야지. 안 그렇나? 할 수 있다. 해 보자."

"큰형님, 존경합니다! 충성!"

"그만, 자러 가자."

민성화는 개인 튜브에 누워 실타래처럼 엉켜 있는 생각을 객관적으로 다시 정리해봤다. 매일 반복되는 작업 속에서도 작은 기쁨과 보람을 찾자. 이곳에서의 경험이 인간을 더욱 강인하게 만들고 지구의 환경을 회복시킨다는 사실에 주목하자. 그래야만 견딜 수 있다. 화성의 붉은 하늘 아래에서의 격리와 노역이 단순한 형벌이 아니라 새로운 삶의 시작이 될 수 있다고 확신하고 끝까지 희망을 버리지 말자. 이 황량한 땅에서 인간이 뿌리내릴 수 있다면 그땐 지금의 이 노역에서 역사적 의미를 찾을 수 있을 터이고, 그것이 역으로 격리된 수형자의 존재 이유를 설명해줄 수 있을 터이다. 절망을 극복하고 살아남아야 하는 이유는 분명하다. 어떤 일이 있어도 반드시 살아남아야 한다. 목표를 명확히 설정했으니, 이제 그 목표를 향해 나아갈 일만 남았다. 민성화는 김신정과의 접속을 시도했다.

"신정이, 나오라, 오버."

"회장님, 신정이라고 하니 이상해요. 성이 신씨에 이름이 정이 같아서요. 그냥 전처럼 정아가 좋아요."

"그럼, 정아 나오라, 오버."

"헐, 회장님 유머쟁이!"

"그렇게 봐주니 황공하지. 어쨌거나 정아랑 대화하면 피로가 싹 풀려. 이게 무슨 조화야?"

"회장님 요즘 너무 외롭나 봐요. 저 같은 못난이한테 관심 두는 거 보면요. 저야 황송하지만…"

"여기서 외롭지 않으면 사람이 아니지. 글고, 넌 못난이도 아니고 관심도 아니야. 넌 예쁜이고 귀염이야, 관심도 아니고 애정이야. 사랑이라면 너무 티나고. 아이, 부끄러워.…"

"…성은이 망극하나이다. 감히 몸둘 바를 모르겠나이다.^^"

"어휴, 귀여워^^♡ 우리 정아, 앞으로 자주 만나."

"예, 회장님, 굿나잇!^^♡"

"우리 정아, 내꿈꿔^^♡"

아침부터 난리였다. 간밤에 민성화가 사망했다고 했다. 아직 사망 원인은 자세히 밝혀지지 않았지만, 추측성 소문이 무성했다. 본부에서 고의로 제거했다는 풍문이 돌았다. 남녀 공용 대화방과 1:1 대화방 개설에 이어 남녀 수형자의 상호 만남을 추진하는 데 대한 응징 차원이라는 이야기가 그럴듯하게 돌았다. 화성에 격리된 관계로 인해 합법적인 면회가 불가능한 현실을 감안해서 남녀 수형자끼리 상호 면회할 수 있도록 해달라는 건의문을 올려 본부를 곤란하게 했다는 사실에 접하고 보면 완전히 가짜뉴스로 볼 것도 아니었다. 게시판을 통한 정상적인 건의뿐만 아니라 해킹을 통해 각국의 언론 방송 및 각종 인권단체와 시민단체에도 개선책을 호소했다고 하니, 음모론과 다름없는 그런 풍문이 전혀 근거 없어 보이진 않았다.

　누구보다 놀란 사람은 바로 박재한이었다. 민성화, 그만 믿고 새로운 마음으로 희망과 기대를 품고 고난과 역경에 맞서서 꿋꿋이 살아남고자 자기 최면과 자기 혁신까지 시도하던 중이었는데, 멀쩡하던 그가 갑자기 사망했다니 도저히 믿기지 않았다. 민성화의 야심 찬 계획을 믿고 그의 카리스마에 의지해 모든 걸 걸었는데, 그가 기계의 오작동으로 자다가 얼어 죽었다니, 마른하늘에 벼락 맞은 꼴이었다. 이제 겨우 사랑에 눈을 떠 그 결실을 거두기 위해 가능한 방안을 찾으려고 백방으로 열심히 뛰고 있는데, 그런 와중에 그 핵심 동력이랄 수 있는 민성화의 급사는 하늘이 무너지는 충격이었다. 야심 차게 추진하던 모든 일에 차질이 생길 건 뻔했다. 재한은 머리가 빠개질 듯했다. 통곡이 절로 나왔다.

　민성화가 급사하는 불상사가 발생했지만 모든 일정은 그대로 진행됐다. 그 누구도 반항하거나 어필하지 않았다. 감정도 없이 프로그램대로 정확히 움직이는 무인 감시 통제시스템이 무서웠다. 수형자는 마치 기계의 톱니바퀴처럼 돌아갔다. 저녁이 되어서야 정아와 접속해 긴급뉴스를 알렸다.

　"정아, 미즈의 실질적인 리더이자 우리 후견인인 민성화 큰형님이 간밤에 급사했다. 정말 하늘이 무너지는 거 같아."

　"뭐라고? 그게 정말이야? 그럴 수가ㅠㅠㅠㅠㅠ"

"정신이 하나도 없어. 내가 정말 존경하고 의지하는 큰 형님이 있는데, 이게 무슨 날벼락이야!ㅠㅠ"

"어떡해ㅠㅠ"

"큰형님은 미즈의 미래고 희망이었는데, 이제 미즈의 앞날이 어떻게 될지 모르겠어. 큰형님 역할을 대신할 인물이 없어서 큰일이야. 큰형님이 오기 전엔 미즈 수형자들이 도대체 뭘 보고 무슨 생각을 하며 살아왔던 건지 몰라. 당장 우리의 앞날이 깜깜해. 어떻게 해야 할지 모르겠어."

"힘들겠지만, 백지에서 다시 시작해야지. 어려울 땐 초심으로 돌아가라잖아. 그래도 그분이 갈 길을 제시해주고 간 것으로 만족해야겠지. 어쩌면, 덕 볼 생각만 한 우리가 가엾다."

"듣고 보니, 그렇네. 우리가 너무 한 사람만 믿고 바라본 건가?"

"제 갈 길은 스스로 개척해야 하나 보다. 남에게 전적으로 너무 의지하지 말고. 세상엔 공짜가 없나 보다. 그분이 살아계셨다면, 니도 아마 어떤 식으로든지 그 대가를 치러야 했을 수도 있거든. 세상사 모두 양면성이 있는 거 아닐까."

"니 말을 들으니 마음이 착잡하네."

민성화 사망 사건은 원인 모를 전기 오작동으로 인한 동사로 최종 결론이 났다. 단기간에 미즈의 리더로 올라섰던 민성화가 사라지자, 미즈는 다시 춘추전국 시대가 됐다. 저마다 제가 잘났다고 우쭐댔지만 특출한 리더십을 보여주는 사람은 없었다. 그러한 가운데 박재한은 민성화의 후광을 업고 리더가 돼 보고자 그의 비전을 내세워 단합과 단일 대오를 호소했다. 처음엔 다소 관심을 보이는 듯했지만 압도할 만한 개인기나 카리스마가 없었든지 모두 고개를 돌렸다. 1:1 대화방에 맛을 들인 나머지 개인 튜브에 틀어박혀 얄팍한 사탕만 빨았다.

재한은 정아와의 사랑을 위해서 미즈 운영의 개선에 온 힘을 쏟아부었다. 미즈 남녀관의 상호 면회를 구실로 파트너 만남을 얻어내고, 화성 개척을 명분으로 결혼을 합법화하는 목표를 반드시 이뤄낼 생각이었다. 하지만 그 목표는 민성화 같은 걸출한 리더 없인 기대할 수 없는 요원한 꿈일 수 있었다. 그렇다고 여기서 말 수는 없었다. 그러한 목표가 없다는 것은 정아와의 사랑이 이루어질 수 없고 삶 자체가 무의미하다는 의미였다. 정아가 없는 삶은 상상할 수도 없었고, 사랑이 끝난 삭막한 세상은 살고 싶지도 않았다. 목표를 포기한다는 것은 곧 죽음을 의미했다.

재한은 살아남기 위해 몸부림쳤다. 민성화가 하던 대로 미즈 홈피 게시판에 지속적으로 건의문을 올리고 동료 수형자들을 만날 때마다 적극적으로 협조해 줄 것을 신신당부했다. 공용 대화방을 통해 미즈 여성 수형자들에게도 전폭적으로 지지해달라는 메시지를 매일 갱신해가면서 홍보하고 또 설득했다. 그러나, 적극적으로 호응하지 않았고, 다들 시큰둥해했다. 본부는 미동도 하지 않았다. 조바심이 나고 신경이 곤두섰다.

각종 언론·방송이나 인권단체나 시민단체 등 세계적으로 영향력 있는 조직에 호소하는 작업이 미즈 본부를 압박할 강력한 수단이었으나 그 작업은 불법적인 접속일 뿐 아니라 그의 능력을 한참 초과하는 고난도 전문 분야였다. 인터넷을 극도로 제한해놓은 까닭에 고도의 해킹 기술이 필요했다. 그야말로 민성화 같은 지능 높은 해커가 아니면 도저히 엄두도 못 낼 일이었다. 고심에 고심을 거듭했지만 뾰족한 길이 보이지 않았다. 재한은 자신의 한계를 절실히 깨닫고 자기 비하에 빠져들었다.

재한은 정아와의 대화가 유일한 낙이었지만 날이 가고 이야기를 나눌수록 내일이 없는 비참한 현실을 절감했다. 욕망은 터져 나갈 듯 간절했지만 만나지도 못하고 아무런 기약도 없이 시간만 죽이는 매일 매일의 고루한 일상이 사람을 미치게 만들었다. 정아든 재한이든, 하나 같이 도발적이고 육감적인 음담패설은커녕 재담이나 농담마저 어눌한 그야말로 제대로 된 숙맥이었다. 사랑이 깊어질수록 성적 욕망이 고조됐지만 가능한 일이라곤 그저 아랫도리를 풀어 물건을 잡고 흔드는 정도였다.

매일 그저 그런 대화를 이어가는 일도 고역이었다. 공통 화제라곤 지구에서 있은 지난 추억, 매일 일어나는 동료와의 사소한 일화, 작업 중 일어난 세세한 디테일 정도가 전부였다. 그런 일상의 살아가는 소소한 이야기도 서로의 환경이 너무나 단조로운 탓에 따분하고 지루했다. 소설을 읽고 서로의 소감을 교환해보기도 했지만 바쁜 일상에 치여 책 읽기도 벅찼다. 게다가 독서는 큰 재미도 없이 서로에게 무리한 부담만 지웠다.

재한은 현 상황을 타개하기 위해 끊임없이 생각하고 그 결론을 정리해봤다. 사랑을 잃지 않고 생명력을 살려가기 위해선 구질구질한 일상을 깨는 파격을 잘 활용해야 한다. 제도를 개선해 비전과 희망을 되살리지 못한다면 상큼한 자극을 줄 기발한 착상이 필요하다. 상큼한 자극이 가능한 파격이 무엇일까? 기발한 착상이 그리 만만하고 흔하진 않았다. 머리가 지근지근 아팠다. 속 모르는 세월은 하염없이 지나가고 고루한 대화는 지루하게 늘어졌다. 어영부영하다간 다 잃을 것 같은 생각에 조급증이 발병했다.

"정아야, 힘들었지. 우린 그냥 채굴하면 끝인데, 니들은 그걸 분쇄하고 정제하자면 더 힘들 것 같아."

"괜찮아. 일은 기계가 다 해, 우린 대충 구경하다가 슬쩍슬쩍 거드는 정돈데, 뭘. 매일 똑같은 단순 작업만 하자니 지겨워 죽을 지경이야. 아이 따분해! 뭐 재미있는 이야기 없어? 상큼한 이야기나 기분 전환 시켜줄 이야기, 그런 거, 뭐 없나? 충격적인 이야기나 놀랄 만한 이야기라도 좋아, 뭐든 해봐."

"헐, 내가 아는 게 없고, 입담도 시원찮아서… 참 난감하네, 난 왜 이 모양이지! 왜 이리 재미가 없을까?"

"그러게 말이야. 나도 재미없긴 마찬가지지만, 넌 나보다 더 해. 어휴, 미쳐! 민 회장님 살아있었으면 재미있었을 텐데… 그런 남자하고 연애하면 늘 신선하고, 활력이 넘치고, 정말 재미있을 것 같아! 오늘따라 너무 그립네!"

"뭐라고, 그리워?! 이야기나 제대로 해코고 하는 소리야!"

"당연하지. 살아있을 때, 나한테 작업도 걸었어. 살아있었다면 어찌 됐을까 몰라."

"뭐라고! 그게 나한테 할 말이야! 그분이 그랬을 리 없어. 후배 여자나 가로채는, 그런 야비한 사람, 절대 아니야!"

"아이고, 흥분하기는… 죽은 사람한테 질투를 다 하고. 날 사랑하는 거 맞기는 맞는 모양이네. 죄송합니다. 질투는 너의 힘!ㅋㅋ"

"도저히 안 되겠어! 내일 만나자! 내일 작업장으로 찾아갈게."

"헐, 놀랐다. 충격이네. 잠이 확 깨네. 그래, 그런 이야기라도 자주 해줘, 너무 좋아. 나도 사랑해! 잘 자! 내 꿈 꿔!"

"내일 봐! 굿나잇!"

재한은 마음 단단히 먹고 대오를 이탈해 미즈 여성관 쪽으로 걸어갔다. 뒤늦게 재한을 본 조장이 멀리서 손짓하며 따라왔다. 한참 따라오다가 두렵고 겁이 났든지 다시 돌아갔다. 탈출자 체포가 조장의 책임이 아니고 산소량이 제한된 까닭에 굳이 위험 부담을 감수하고 따라올 필요가 없었을 것이다. 재한은 미리 조사한 대로 미즈 여성관 쪽으로 방향을 잡고 뚜벅뚜벅 전진했다. 아무 장애물이 없어서 가깝다고 생각했으나 직접 걸어보니 상당히 멀었다. 시간이 갈수록 조바심이 나고 두려움이 엄습해왔다. 하지만 주사위는 던져졌다.

대략 두 시간가량 지났을 무렵, 산소량이 바닥 난 듯 숨쉬기가 약간 곤란했다. 운동량이 많았던 모양이었다. 작업하는 여성 수형자들의 모습이 멀리서 서서히 눈앞으로 다가왔다. 길어야 10분이면 그곳에 충분히 도착할 듯했다. 한 여자가 마구 손을 흔들면서 뛰어왔다. 정아임에 틀림이 없었다. 우주복을 입은 정아의 모습이 섹시했다. 그 와중에 물건이 불뚝 섰다. 재한은 정신이 혼미해 털썩 주저앉았다. 정아는 펄쩍펄쩍 뛰며 소리를 질렀다. 이만하면 충분한 자극을 주었겠지. 재한은 정신 줄을 놓지 않으려고 눈을 감았다 뜨는 등 안간힘을 썼지만, 시간은 더 이상의 여유를 허용하지 않았다. 허겁지겁 달려온 정아가 재한을 안고 마구 흔들었지만, 그는 눈을 뜨는 듯 마는 듯 눈을 파르르 떨었다. 구조대는 아예 없었고, 황량한 땅엔 바람도 불지 않았다.

다섯

화성살인사건

민성화는 화성국제유배수용소, 미즈의 실질적인 리더로 영향력을 키워갔다. 국제사법재판소는 웬만하면 그가 제안하는 민원사항을 모두 다 받아들여 주었다. 국제사법재판소도 직원을 파견하기 힘든 여건에서 자율조직을 통한 통제를 차선책으로 설계하고 있던 터여서 민성화의 부상을 은근히 반겼다. 민성화 호장과 6명의 조장을 통한 자율조직으로 무인시스템을 보완하는 것으로 결론이 난 상황이었다. 비록 범죄자들이긴 하지만 열악한 행성에서 지구를 위해 봉사하고 있을 뿐만 아니라 탈출이 불가능한 상태라 질서만 유지된다면 민주적으로 조금 풀어주어도 전혀 문제 될 게 없다는 것이 기본적인 생각이었다. 지나친 인권 침해 시설이나 프라이버시 침해 사항에 대한 그의 건의를 수용하고 그것들을 조금 전향적으로 개선해주었다. 그 공로로 그는 수형자의 리더르서의 위상을 확고하게 다져갔다. 당장은 어렵겠지만 남녀 유배수용소의 통합도 장기적인 과제로 추진해 볼 만한 상황이었다. 민성화는 미즈 내에서 인기 절정이었고 가히 미즈의 보스라 해도 대과가 없을 정도였다.

화성의 남녀 유배수용소를 통합하고 남녀 교제를 허용하는 문제는 그 의견이 찬반으로 나뉘어 팽팽하게 대립했다. 동성애가 공공연히 행해지고 있는 상황에서 굳이 남녀 교제를 막을 이유가 없다. 어차피 죽을 때까지 지구로 돌아올 수 없는데 거기서 가정을 이루고 살든지 말든지 무슨 상관인가. 남녀가 어울려 가정을 이루어 자식까지 낳고 산다면 화성 개발이 활성화되고 지구의 식민지 역할을 하게 될 여지가 커진다. 지구로선 진취적이고 발전적인 시도이다. 지구인으로 보면 흉악범을 격리 조치함은 물론 돈도 들이지 않고 화성 식민지를 개척할 수 있다. 호주 모델을 화성에 벤치마킹해 볼 필요가 있다. 이는 도랑 치고 가재도 잡는 일이다. 남녀 통합수용소 건설에 반대할 이유가 없다. 찬성 측 주장이다.

아무리 상황이 변해도 그 본질이 바뀔 수 없다. 누가 뭐라 해도 화성국제유배수용소는 감옥이고 교도소이다. 그 기본적인 역할을 잊어서는 안 된다. 그들은 지구에서 흉악무도한 죄를 짓고 형벌을 받는 수감자들이다. 노역으로 수익을 올리는 것은 부수적이고 부차적일 뿐이다. 흉악범을 잡아 형을 살리는 이유는 범죄행위를 징벌함으로써 장래 범죄를 예방하는 효과를 노릴 뿐만 아니라 재소자를 바른길로 교화하는 목적도 있다는 점을 부인하지 않는다. 그렇지만 피해자의 감정적인 복수심을 만족시켜주는 원초적이고 원시적인 기능도 결코 무시할 수 없다. 흉악범의 남녀통합수용소는 본질을 벗어나는 발상이다. 거기서 태어날 새 생명에 대한 지위나 교육도 또 다른 문제를 제기한다. 돈이 더 많이 드는 것도 문제다. 반대 측 논거이다.

민성화는 미즈의 공용 컴퓨터를 통해 화성국제유배수용소의 남녀통합에 대한 찬반 의견을 검색해보고 반대 주장에 대해서 공격적이고 적나라한 댓글을 가능한 한 많이 달아놓았다. 국제사법기구 홈페이지와 세계 각국의 법무부 홈페이지를 해킹해 유리한 여론 형성에 힘을 보태고자 노력했다. 찬성 의견엔 정중하고 공손하게 지지하는 댓글을 달았지만 반대 의견엔 원색적인 욕설을 동원해 집중포화를 퍼부었다. 그러다 보니 민성화 자신의 정체성이 외부에 노출되는 것을 피할 수 없었다.

그러던 어느 날이었다. 차임벨이 울리고 아침 식사 시간이 끝날 때까지 민성화 회장이 나타나지 않았다. 야외 노역을 나갈 시간이 되자 실내방송에서 민성화의 이름이 계속 호명되었다. 그가 속한 6조의 조장 스미스가 민성화 개인 공간 튜브로 쏜살같이 달려갔다. 스미스 조장은 새파랗게 질려서 돌아왔다. 민성화가 간밤에 시퍼렇게 얼어 죽었다는 뜻하지 않은 소식을 전했다.

간밤에 난방이 꺼진 모양이었다. 미즈가 생긴 이래 지금까지 한 번도 이런 일이 없었다. 모두 곤하게 자는 시각인 새벽 2시경에 민성화 개인 튜브에 원인을 알 수 없는 오류가 발생한 것으로 보였다. 화성 외기온도가 영하 140°C까지 떨어지던 시점이었다. 열아홉 명이 탄 비이클이 먼지를 일으키며 황무지를 헤치고 노역장을 향해 나아가고 있었다. 화성의 하루는 유난히 더디고 길었다.

이강두는 어머니와 함께 호텔에서 멀지 않은 고궁의 돌담길을 따라 걸었다. 연인들이 곳곳에서 진한 러브 신을 연출하고 있었다. 뭔가 예감이 좋지 않아 그 길로 가고 싶지 않았다. 그 길로 가고 싶지 않은 것은 그의 마음이었고, 어머니는 웬일인지 계속 그 길을 고집했다. 돌담길이 끝나는 지점에 이르자, 조금 안심이 돼 지나온 길을 되돌아보았다. 지난 세기의 공간처럼 고즈넉한 풍경이었다. 모퉁이를 막 돌아서자, 맞은편에서 걸어오던 남자가 갑자기 스프레이를 마구 뿌려댔다. 길이 서서히 일어나 그의 광대뼈에 와 닿았다.

강두가 정신이 들었을 때, 눈을 가리고 재갈이 물린 채 수술대 위에 큰 대자로 묶여있었다. 천장에는 조명등이 공포에 질린 듯 하얗게 빛났다. 옆 침대에서 스산한 기운이 전해왔다. 장기밀매업자에게 납치된 것이 확실했다. 어머니는 그가 대학에서 유전자

의학을 전공하길 바랐다. 그도 어머니의 생각대로 하려고 마음먹고 있었다. 유전자를 이용하여 생명의 비밀을 풀어가는 재미가 쏠쏠할 것 같았다. 열성유전자를 우성유전자로 치환함으로써 유전질환을 근원적으로 치유하고 인간의 종자를 개량해 결점 없는 완벽한 인간을 만들어보고 싶었다. 유전자의학이야말로 인간의 잠재능력을 극대화시킬 수 있는 미래지향형 학문이라고 믿었다.

지금 이렇게 납치되고 보니 범법자를 잡아 처단하고 사회질서를 유지하는 일도 매우 중요한 것 같았다. 법학은 '보수적이고 고루한', '시대에 뒤떨어지고 한물간', '연구할 지평이 더이상 보이지 않는', '머리가 나쁜 사람들이 종사하는', '지겹고 답답한' 등의 수식어가 붙은 고전적 학문으로 알았다. 지금 다시 생각해보니 그러한 생각을 바꾸어야 할 것 같다. 만약 이 위기상황을 벗어나게 된다면 단연코 법학을 전공하여 검사가 될 것이다. 먼저 이 불한당 같은 놈들을 모조리 붙잡아 응징할 것이다. 영문도 모르게 납치되어 생을 마감하는 억울한 사람이 더이상 발생하지 않도록 막아야 한다. 그렇게 하려면 우선 여기서 빠져나가는 게 급선무다.

만약에 여기서 탈출하지 못하고 이대로 분해된다면, 장기는 초저온 상태로 급속 냉동되었다가 암시장에서 필요한 사람에게 팔려가겠지. 뇌는 활성화시켜 두었다가 누군가의 브레인풀에 편입되어 컴퓨터의 중앙처리장치의 부속품처럼 기능하다가 소멸되겠지. 그런 상태에서 이전의 의식이 존재할 수 있을까? 브레인풀 내에서 편입된 구성인자들의 개별적 정체성이 지속 가능할까? 브레인풀의 성격상 정체성이 사라질 가능성이 크다. 브레인풀에서 여러 정체성이 뒤죽박죽 섞일 텐데, 편입 이전의 자아는 흩어질 개연성이 크기 때문이다. 그렇게 된다면 그건 곧 소멸이다. 무섭고 슬픈 일이다. 뜨거운 눈물이 샘물처럼 솟아나 귓바퀴를 타고 흘러내렸다.

합법적인 브레인풀은 원칙적으로 두 종류만이 허용된다. 첫 번째, 뇌사자의 경우 제1 순위의 법정상속인의 동의를 조건으로 브레인풀에 편입시킬 수 있다. 두 번째, 사형이 최종적으로 선고된 자, 불치병 환자, 칠십 세 이상의 노인 등의 경우, 본인과 제1 순위의 법정상속인이 동의하는 경우에 브레인풀에 편입시킬 수 있다. 브레인풀 편입자는 그 법정상속인에게 그에 상응한 대가를 치러야 함은 물론이다. 그 외 나머지는 모두 불법적인 경우이다.

강두의 뇌는 암시장에서 불법으로 유통되어 브레인풀 사업자들에게 넘어갈 터다. 브레인풀 사업자는 수많은 사람의 뇌를 신경세포 연결 장치로 연결해 방대한 브레인풀 콤플렉스를 만든다. 방대한 브레인풀 콤플렉스를 만든 사업자는 연구 및 개발에 대한 아웃소싱과 각종 컨설팅을 수행할 뿐만 아니라 수익성이 확실하면 직접 사업을 벌이기도 한다. 브레인풀 콤플렉스는 편입된 뇌의 수가 늘어남에 따라 저장할 수 있는 용량이나 입력된 정보 등이 엄청나게 커진다. 광범위하고도 전문적인 정보를 분류하고 통합할 수 있을 뿐만 아니라 그 응용도 가능하다. 그 통합의 시너지 효과는 상상을 초월한다. 전문성은 말할 나위 없고 컴퓨터와 달리 창조성과 판단력도 활성화시킬 수 있는 까닭에 AI가 수행하지 못하는 분야도 커버할 수 있다. 창의력이 필요한 발명, 영감과 감성이 필요한 문화예술, 통찰력과 판단력 및 직관이 요구되는 정치 분야, 기타 인간만이 접근 가능한 다양한 부문에도 탁월한 능력을 발휘할 수 있다. 실제로 과학뿐만 아니라 문화예술 창작에도 괄목할만한 성과를 이루어냈다. 브레인풀 콤플렉스의 엄청난 위력에 비해 그 진입장벽은 크게 높다고 할 수 없다. 이러한 점 때문에 많은 자금과 우수 인력이 브레인풀 업계로 불나방처럼 모여든다.

브레인풀 사업자가 합법적인 법인이라 하더라도 브레인풀에 편입되는 뇌를 불법적인 유통망을 통하여 사들이는 경우가 많다. 합법적인 유통물량이 극히 제한적이기 때문이다. 어린 사람들을 마구잡이로 납치해 브레인풀에 편입시킨다면 도덕적 지탄이 점증할 것이고, 검찰과 경찰의 단속도 엄청나게 강화될 건 뻔하다. 그런 이유에선지 육십 세 이하의 뇌는 절대 거래하지 말자는 신사협정을 업자들끼리 맺었다는 풍문이 있다. 그러나 불법 유통업자들의 배후는 대개 마피아와 같은 범죄 집단들이고 보면, 그러한 신사협정을 철저히 지킨다는 보장도 없고, 위반한 경우에 실효성 있게 그들을 제재할 주체나 방법도 없다. 불법 유통조직의 상층부가 비록 신사협정을 지킬 의사가 있다고 하더라도 조직의 행동대원인 현장의 세포는 마구잡이로 사람을 납치하여 수입을 올리려고 할 것이다. 강두를 납치한 놈들도 현장에서 활동하는 행동대원인 세포, 말하자면 동네 건달일 것이다.

팔다리에 힘을 주어 보았으나 침대에 단단히 묶여있어 꼼짝달싹할 수 없다. 살려달라고 하소연하고 싶었으나 입에 재갈을 물려놔 말을 할 수가 없다. 용만 쓰다 보니 머리가 깨지고 가슴이 터질 지경이다. 어머니의 주도면밀한 계획에 따라 인내하고 절제하며 지금까지 성실히 살아온 나날들이 주마등처럼 스쳐 지나간다.

억울하고 분하다. 살려달라고 빌고 싶다. 눈물이 귓속으로 스며든다. 발자욱 소리가 가까이 다가왔다. 눈을 꼭 감고 숨을 죽였다. 침이 꼴깍 넘어갔다. 누군가 강두의 팔에 주사를 놓았다. 온몸이 덜덜 떨렸다. 잠이 온다. 마취를 하고 수술을 할 모양이다. 이 상황을 타개할 뾰쪽한 방법이 생각나지 않는다. 지금까지 성실하게 쌓아온 모든 것들이 허무하게 스러질 운명이다. 자고 나면, 내일이 과연 존재할까.

수사팀이 현장을 덮쳤을 땐 두 사람의 장기가 적출되고 분류되어 특별 제작된 초저온 냉동실로 들어간 뒤였다. 장기밀매업자한 명과 의사 및 간호사를 현장에서 체포했다. 수술대 위에 방금 수술한 흔적이 있었으나 그들은 한사코 범죄를 부인했다. 수사팀은 우선 수술대 위에 낭자한 혈액을 채취해 유전자 분석을 의뢰했다. 냉동실의 장기와 수술대 위 혈액의 유전자가 일치한다는 점을 입증해야 했다. 그리고 현장에서 체포된 용의자들에 대한 '브레인 리더' 사용허가를 법원에 신청했다. 통상 건전한 상식으로 판단해 범인일 가능성이 큰 경우라고 인정되어야만 그 사용허가가 떨어진다.

유전자검사 결과 수술대 위의 피와 냉동된 장기가 동일인임이 확인되었다. 변고를 당한 두 사람의 신원도 곧 확인되었다. 남자는 고교 졸업반인 만 18세의 이강두라는 학생으로 지능지수가 상위 0.01% 안에 드는 영재였다. 여자는 만 48세의 정신과 전문의이자 심리학박사로 학생의 어머니로 밝혀졌다. 모자가 함께 길을 가다가 장기밀매업자에게 납치된 것으로 보였다. 수사관들 모두 자기 일인 양 탄식하며 안타까워했다.

잘 키우면 나라를 위해 큰일을 할 인재인데…. 세상 말세야. 세상이 막장으로 치닫고 있는데…, 하느님은 도대체 어디서, 뭐하고 계시나? 낮잠 주무시나? 이건 정말 아니잖아!

유전자검사 결과는 용의자의 범인 가능성을 증대시켜줌으로써 브레인 리더 사용허가를 용이하게 하는 증빙으로 법원에 제출되었다. 예상대로 브레인 리더 사용허가가 떨어졌다. 브레인 리더를 사용하면 범죄사건 수사는 일사천리로 진행된다. 말하자면 브레인 리더는 사건 종결로 바로 직행하게 만드는 만능 해결사로 통했다. 브레인 리더는 수사대상 두뇌를 컴퓨터에 내려받아 두뇌 시스템에 쌓인 데이터를 상대로 검색 내지 질의응답을 진행하는 프로그램이다. 두뇌를 컴퓨터에 내려받아도 모든 기억을 판독해 낼 수는 없지만, 구체적인 질문을 문자로 컴퓨터에 입력하면 그에 대한 응답이 사실대로 진솔하게 출력된다. 브레인 리더는 고문이나 강요 없이 사실관계를 객관적으로 확인할 수 있는 획기적인 수사 도구로 자리 잡았다. 브레인 리더를 사용하면 인권을 침해할 소지는 있지만 오판을 방지하고 억울한 옥살이를 막을 수 있다. 결과적으로 수사기관과 피의자 양측에 누이 좋고 매부 좋은 결과를 가져다주는 유용한 프로그램이다.

장 반장은 장기밀매업자 민성화를 두뇌조사·분석실로 데려가서 브레인 리더와 그의 두뇌 신경망을 연결했다. 범죄를 입증할 답변을 유인할 수 있는 질문을 미리 준비하고 차분하게 자판을 두드렸다.

"당신은 서울특별시 신체구 장기로 444번지에 거주하는 만 40세 대한민국 국적을 가진 남성 민성화인가?"

"그렇다."

"당신은 인간의 장기를 적출하여 필요한 사람에게 파는 일을 하는가?"

"그렇다."

"최근 48세의 여자와 18세의 남자를 납치한 적 있는가?"

"그렇다."

"언제 어디서 어떻게 납치했는가?"

"11월 30일 오후 9시경 덕수궁 돌담길 코너에서 호신용 스프레이를 뿌린 후 실신한 두 남녀를 승합차에 싣고 작업장으로 데려갔다."

"남녀 두 사람의 장기를 적출하고 급속 냉동했는가?"

"그렇다."

"수술대에 눕혔을 때 여자의 정신은 깨어있었나?"

"마취시킨 상태였다."

"수술대에 눕혔을 때 남자의 정신은 깨어있었나?"

"깨어나 움직였으나 수술하기 직전 다시 마취시켰다."

"두뇌도 살아있고 장기도 살아있는데, 두 사람을 다시 살려낼 수 없나?"

"그건 아직 불가능하다. 전신으로 촘촘하게 연결된 신경의 유기적인 복원이 힘들다. 언젠가 가능할 수 있다."

"결국, 두 사람 모두 살해했다는 말인가?"

"그런 셈이다. 정확하게 말하면 분해한 것이다."

"의사와 간호사는 어떤 식으로 조달했나?"

"필요할 때마다 높은 수당을 주고 초빙한다."

"항상 같은 사람만 부르나?"

"그렇진 않다. 실력만 있으면 누구나 부른다. 그 대신 비밀을 엄수하고, 실수하면 손해배상을 해야 한다는 각서를 받는다. 각서를 쓰지 않아도 비밀을 잘 지키고 손해배상도 잘한다. 외부로 알려지면 비난받고 처벌받으니까."

"의사와 간호사는 별다른 악의가 없는 사람들이란 말인가."

"그렇다. 돈만 주면 아무런 반발 없이 무엇이든지 수행하는 현실주의자들이지만, 악한이라고 까진 말할 수 없다."

"그런 사람이 악한이다."

"그렇다면 악한이 맞는다."

주범인 장기밀매업자 민성화는 감형 없는 무기징역에 화성 유배형을 선고받았다. 의사는 살인에 가담한 죄를 물어 징역 25년형에 자격 취소, 간호사는 살인을 방조한 죄를 인정하여 징역 10년형에 자격 취소에 처해졌다. 주범 민성화는 정상을 참작할 여지도 없었고 개전의 정도 보이지 않아 법정 최고형에 처해진 것이다. 화성 유배형은 화성에서 노역하다가 화성에서 소멸되는,

어떻게 보면 사형보다 더 무서운 형벌이다. 세계 주요국가 사법계의 추세를 살펴보면 흉악범에게 화성 유배형을 확대해가는 분위기이다. 사이코패스나 악질적 흉악범을 확실히 격리함으로써 선량한 시민을 보호한다는 취지이다.

핵폐기물을 비롯한 지구의 고질적 환경 파괴 문제를 해결하는 일에 봉사하게 함으로써 속죄할 기회를 준다는 부차적인 목적도 대세를 부추긴 듯하다. 흉악범을 영원히 지구에서 추방하자는 감정적 반응과 이에 대한 다수의 긍정적인 여론이 화성 유배형을 확대해가는 촉진제 역할을 하고 있다. 현재 징역 50년 이상만 화성 유배형으로 선고하는 것이 가능하지만 징역 30년 이상 범죄자로 그 선고 가능 범위를 확대하자는 과격한 주장이 늘어나는 분위기이다. 드물긴 하지만 화성이 호주처럼 살기 좋은 낙원이 될 수 있다며 화성 유배형을 자원하는 범법자마저 있는 실정이다.

화성 유배형은 '화성국제유배수용소'로 보내진다. '화성국제유배수용소'는 국제형사재판소 산하에 소속된 회원국의 집단교정기관으로 수용소를 건설한 민간우주개발회사에서 위탁 운영하고 있다. 그곳엔 각국에서 유배 온 다양한 범죄자들이 함께 모여 있다. 마치 흉악범의 용광로와 같다. 엽기적인 범죄 유발 유전인자를 가진 사람들이 모여 있는 탓인지 깜짝 놀랄 정도로 매우 창의적이고 진보적인 면도 있다. 잠시도 조용할 날이 없을 만큼 변화무쌍한 역동적인 집단이기도 하다. 이 점에 착안해 화성 유배지가 인류의 돌파구라고 예언하는 급진적인 사회학자도 있다.

화성의 수형자는 인공적인 '화성의 지구환경 공간'에 거주한다. '화성의 지구환경 공간'을 MEES(Mars Earth Environment Space)로 쓰고 '미즈'로 읽는다. 지구의 압축된 유해 쓰레기를 실은 우주왕복선이 도착하면 지게차나 포클레인 등을 몰고 나가서 인근 계곡에 쓰레기를 내려놓고, 수형자가 그동안 채취·가공한 화성의 희귀 광물을 실어서 지구로 귀환시키는 시스템이다. 도망갈 우려가 없는 까닭에 화성에 거주하는 교도원이나 경비원은 거의 없다. 촘촘하게 설치된 센서와 CCTV, AI와 로봇으로 통제되는 무인감시시스템을 채택하고 있다. 범죄가 발생 시 전력을 끊고 산소와 식량을 비롯한 모든 생필품을 감축하는 징벌이 주어지기 때문에 효율적인 통제가 가능한 편이다. 음식료품은 95% 정도 자급자족 상태이고 시설투자가 좀 더 이뤄지면 100% 자급자족이 가능해진다.

여성에게도 화성 유배형이 평등하게 선고되기 때문에 여성 수형자도 증가하고 있다. 남녀 거주공간이 멀리 떨어져 있어 서로 만나서 연애하는 일은 불가능하다. 만날 수 있게 해 달라는 요구가 거세게 나와 언젠가는 견우와 직녀처럼 제한적으로 허용될 날이 올 수도 있다. 화성 유배형이 나날이 증가함에 따라 자율적 질서조직이 형성되고 있는 과정에 있다. 장차 남녀거주공간을 통합하고 남녀 간 교제가 허용된다면 화성에서 새로운 역사가 시작될 수 있다.

민성화는 화성국제유배수용소로 보내졌다. 화성의 표면온도는 영하 140°C에서 영상 20°C 정도로 평균 영하 63°C 정도이다. 화성 대기의 96%가 이산화탄소로 구성되어 있고 산소는 극미량이다. 기압은 지구의 0.6% 정도밖에 되지 않는다. 따라서 인간이 화성 대기에 맨몸으로 나갈 수 없다. 그렇지만 그 정도의 환경은 제한된 공간 속에선 과학의 힘으로 극복 가능한 범위이다.

수형자들은 특수 단열 소재로 외기와 차단된 온실 공간에서 생활한다. 화성의 하루는 지구 시간으로 약 24시간 37분 정도다. 그렇지만 관습상 화성도 하루를 24등분하고 있다. 따라서, 화성 1시간은 지구 1시간보다 대략 1분 42초 정도 길다. 난방은 일종의 효율적인 통제수단으로 활용하고 있다. 난방은 9시부터 19시까지 공동 공간에 12시간 동안 공급되고, 19시부터 다음날 9시까지 개별 공간에 12시간 동안 공급된다. 19시 이후 개별 공간으로 복귀하지 않으면 얼어 죽는 까닭에 반드시 배정된 개별 공간인 개인 튜브로 들어가야 한다. 난방공급시간의 조정으로 수형자들의 활동공간을 엄격히 통제하고 있다.

미즈를 떠받치는 엄청난 에너지는 핵전지로 충당한다. 저렴한 에너지를 확보하고자 '마이크로 모듈형 원자로(MMR)' 설치를 연구하고 있지만, 아직까진 기술적 한계를 극복하지 못하고 있다. MMR은 '소형모듈원전(SMR)'보다 작은 미니 핵발전소다. 대형 배달 트럭에 들어갈 수 있을 정도로 그 규모가 작긴 하지만, 시간당 최대 10 메가와트(MW)를 생산한다.

미즈 운영경비는 위탁회사가 전액 부담한다. 명목적인 수준의 저렴한 수수료를 받긴 하지만 지구에서 실어온 유해 쓰레기 처리 수수료와 화성에서 생산되는 광물자원의 판매수익으로 비용 대부분을 커버한다. 희귀한 고가 광물자원의 판매수익이 점점 늘어나는 데다 가까운 미래엔 우주 관광객까지 기대되는 터라 유배수용소 민간위탁회사의 주식은 뉴욕증권거래소의 황제주로 등극한 상태다.

민성화는 미즈에 도착하자 황량한 행성에서 평생을 살아갈 생각에 어깨가 축 처졌다. 미지의 새로운 세상에 대한 조그만 기대감도 가슴 한편에 도사리고 있긴 했다. 도착한 날 기존 수형자들의 열혈한 환영을 받았다. 파트너를 구하는 뜨거운 눈길이 본능적으로 느껴졌다. 수형자는 신입 열 명을 포함해서 총 120명이었고 한국인은 성화를 포함 두 명이었다. 개인 생활용품을 받아 배정받은 튜브로 들어갔다. 지구의 감옥과 비교할 수 없을 만큼 시설이 좋았다. 감옥이라기보단 차라리 깔끔한 원룸이었다. 어쩌면 지구의 수감 생활보다 나을 것 같다는 생각이 들었다. 성화는 지급받은 유니폼으로 갈아입고 강당으로 갔다. 오는 동안 죽을상을 하고 있던 입소 동기들이 예상보다 살만하다고 생각했던지 다들 얼굴에 화색이 돌았다. 수형자의 국적은 달라도 미즈에 대한 첫인상은 거의 비슷한 모양이다. 이 정도 환경에서, 이 정도의 공간에서, 이 정도의 자유를 누리면서 생활하리라곤 꿈에도 생각하지 못했다. 신입 수형자들이 강당의 지정된 좌석에 앉자 기본적인 수칙과 주의사항을 홀로그램과 동영상으로 되풀이해서 강조했다. 교도관이나 경비원이 없는 무인시스템으로 운영된다는 설명에 모두 환호를 지르며 좋아했다. 고액연봉을 지급한다고 해도 여기까지 와서 근무할 유능한 직원이 없는 까닭일 것이다. 그 대신 첨단 과학과 기술을 응용한 감시감독시스템이 놀랄 정도로 촘촘히 짜여 있었다. 프라이버시를 허용하지 않는 점이 꺼림칙했다. 첫날이라 여독이 쌓여 성화는 튜브로 들어가자마자 곧바로 곯아떨어졌다.

침대의 진동과 차임벨 소리에 잠이 깼다. 눈을 떠보니 낯선 곳이었다. 잠시 멍했으나 이내 상황이 정리되었다. 재빨리 식당으로 갔다. 모두 식판을 앞에 놓고 순한 양처럼 다스곳하게 앉아서 식사하고 있었다. 눈이 돌아가는 사람이 많았지만, 감옥의 식당 풍경이랄 수 없는 놀라운 광경이었다. 여기가 감옥이라고 볼 것은 거의 없었다. 정해진 자리에 앉지 않거나 질서 문란행위가 감지되면 그 정도에 따라 튜브 온도가 떨어지고 다음 식사량이 줄어드는 페널티를 당한다. 규정을 잘 지키고 모범적인 생활을 하면 식사가 좋아지고 온도도 적정하게 올라간다. 당근과 채찍 전략이 통제된 환경하에서 훌륭하게 효력을 발휘했다. 발걸음을 옮기는 곳마다, 가는 곳마다 센서와 CCTV가 감시하고 홀로그램이 안내하고 또 경고했다. 평화로운 가운데 무서운 감시의 눈길이 자유를 억압했다. 게다가 구획된 정해진 시간에 사용할 분량의 산소가 그때마다 적당량 주어졌기 때문에 그 누구도 대오를 이탈할 시도를 할 수 없었다.

 10시부터 야의 노역이다. 우주복을 착용하고 조별로 특수 비이클을 타고 조장의 인솔하에 화성 지표의 정해진 작업장으로 이동했다. 한 조에 이십 명씩 6개 조로 나뉘었다. 각 조에 선임된 조장이 작업을 지휘했다. 조장은 각종 개인 스펙을 보고 컴퓨터가 지정한다. 조장은 로버를 타고 작업공간을 자유롭게 돌아다닐 수 있었고, 광물 채취 작업에서 제외되었기 때문에 모두가 하고 싶어 했다. 그렇지만 범죄경력 및 사회경력 등을 감안해 공정하게 평가한 후 최고점을 받은 자를 컴퓨터가 지정하기 때문에 본인이 원한다고 되는 것은 아니었다. 성화는 죄질이 나빠 조장 지정은 언감생심이었다. 성화를 비롯한 신입 수형자 그룹은 6조다. 그 조장은 미국인 스미스가 지정되었다.

 작업장에 광물 채취 장비가 대기하고 있었다. 각자 자신의 장비에 탑승해 매장된 광석을 채취해 대형 용기에 담아서 특정 지점에 갔다가 놓으면, 그다음 날 제련 공장으로 옮겨져 여성 수형자가 정제하는 시스템이었다. 광석이 화성 지표면에 노출된 경우가 많아 비교적 단순한 작업이었다. 작업이 힘들진 않았지만, 외기 온도가 매우 낮아 우주복을 입었지만, 한기를 느꼈다. 1시간 작업하고 대형 비이클의 휴게실로 들어가 몸을 녹이면서 뜨거운 커피라도 한잔 마셔야 했다. 12시에 도시락으로 점심을 먹고 13시부터 17시까지 작업을 하고 미즈로 돌아왔다. 오전 2시간과 오후 4시간, 하루 6시간 노역했다. 18시까지 미즈로 돌아와 저녁 식사를 하고 20시까지 자유시간이 주어졌다. 그 두 시간이 하루의 꽃이었다. 수형자 간 싸움이나 성폭행 등 남들에게 유해한 행위 외에는 대부분 허용되었다.

미즈에서 할 수 있는 일이 극히 제한적이었기 때문에 수형자들은 자유시간에 보통 휴게실에서 편집된 TV 프로그램을 보거나 영화를 보았다. 피트니스 센터에서 운동을 하거나 도서실에서 전자책을 읽는 사람도 있었다. 성화는 저녁 식사를 마치고 피트니스 센터로 갔다. 이십여 명이 러닝머신에서 뛰거나 걷고 있었다. 성화도 가볍게 몸을 풀고 운동을 시작했다. 새로 온 신참, 한국인에 대한 관심 때문인지 힐끔거리며 성화에게 눈길을 보냈다. 잘 갖춰진 운동기구를 빠짐없이 돌고 난 이후 특기인 실전 태권도

발차기 시범을 보여줬다. 실전 태권도는 격투기로 발전한 태권도 버전이라 다이내믹한 면이 있었다. 볼거리가 있는 탓인지 러닝머신에 있던 사람들이 그의 주위로 몰려들었다. 성화가 운동을 끝내자 박수가 쏟아졌다. 그들은 실전 태권도를 배우고 싶다고 했다. 서로의 언어가 다르긴 했지만, 최신 첨단 통역 앱을 스마트폰에 깔아놓은 터라 소통엔 전혀 지장이 없었다. 안 그래도 심심한 마당이라 흔쾌히 태권도를 가르쳐주기로 약속했다.

성화는 희망하는 사람들에게 자유시간에 실전 태권도를 가르쳤다. 처음 스무 명에서 시작했으나 소문이 나고 그 수가 점점 늘어나 피트니스 센터에서 감당할 수 없는 지경에 이르렀다. 성화는 홈페이지 제안마당에 수형자들의 건강과 건전한 취미생활을 위하여 태권도 교습을 하게 해달라고 건의했다. 그 다음날 태권도 교습 허가가 떨어졌다. 성화는 전체 수형자를 대상으로 태권도 교습을 실시했다. 공식적으로 넓은 공간을 사용할 수 있었기 때문에 마음껏 실력을 보여줄 수 있었다. 화성의 기압이 지구에 비해 낮은지라, 미즈 실내 기압도 지구보다 조금 낮게 설정되어 있었다. 그런 관계로 성화의 몸은 공중을 펄펄 날며 공중제비를 돌았다. 수형자들은 모두 열광했다. 모두 성화를 스승으로 모시고 그에 걸맞게 예우했다. 성화는 자연스럽게 그들의 우상이자 리더로 부상했다.

이강두의 뇌는 보존 상태가 우수하고 기능도 최상급이라 검찰청의 브레인풀 콤플렉스에 귀속되었다. 검찰청 브레인풀 콤플렉스는 수천여 명의 브레인이 연결된 방대한 두뇌 시스템이었다. 강두는 사력을 다해 자의식을 지킨 덕분에 그의 뇌는 간신히 정체성을 잃지 않을 수 있었다. 그것은 전에 없던 극히 예외적인 일이었다. 강두의 몸은 비록 분해되어 사라졌지만, 그의 정신만은 엄청난 능력을 가진 두뇌로 거듭 태어난 셈이었다. 브레인풀 콤플렉스에 적응하면서 수많은 두뇌 정체성을 제압하고 원래의 정체성을 확고히 하기까지 거의 석 달이 소요되었다. 브레인풀 콤플렉스 내 헤게모니가 안정되자, 어머니의 브레인풀을 찾고, 범인을 추적해 복수하고자 마음먹었다.

그러기 위해서는 브레인풀의 수동성을 극복해야 했다. 적극적 활동을 시작하기 위해 온전한 인간의 조력이 필요했다. 검찰청 브레인풀 콤플렉스를 이용하는 사람 중에 자신을 도와줄 만한 연고를 찾아보았다. 혈연, 지연, 학연이 걸치고 인간성이 좋으며 감성적인 사람을 수배했다. 다행히 8촌 누나인 이민지가 검찰청 정보 분석 요원으로 근무하고 있었다. 단말기 앞에 앉는 사람마다 일일이 그 스펙을 관심 있게 확인해보며 그녀를 기다렸다. 끈질기게 기다리던 어느 날, 마침내 8촌 누나가 단말기에 앉아 작업을 시작했다. 그녀의 검색에 대해 그는 엉뚱한 답신을 내보냈다.

"저는 이대성 씨의 아들이자 당신의 8촌 동생인 이강두입니다. 놀라셨지요. 얼마 전 저는 장기밀매업자에게 납치되어 제 몸이 분해되었습니다. 다행히 제 브레인은 검찰청 브레인풀 콤플렉스에 편입되었습니다. 제 아버지와 대화하고 싶습니다. 부디 아버지 이대성을 검찰청 단말기 앞으로 초대해주세요. 누님, 간곡히 부탁드립니다. 원래 브레인풀 콤플렉스에 연결되면 그 정체성이 소멸되는 게 정상이지만 제 경우는 워낙 원한이 사무쳐 제 정체성을 간신히 붙들어 둔 상태랍니다. 어머니를 찾고 범인을 찾게 도와주세요. 믿을 수 없는 일이지만 속는 셈 치고 한 번만 제 부탁을 들어주세요. 저 이강두, 누님께 두 손 모아 빕니다."

8촌 누나는 엉뚱한 답신에 깜짝 놀라 사무실을 뛰쳐나갔다. 조금 후 커피잔을 들고 다시 단말기 앞에 서서 화면에 나타난 글을 찬찬히 읽어보았다. 고개를 갸웃거리더니 의자에 앉아 자판을 두드렸다.

"주소와 다니던 학교를 말해보세요."

"누님, 응해주셔서 감사합니다. 제 주소는 서울특별시 종로구 하나로 123번지입니다. 다니던 학교는 영재고등학교입니다."

"신기한 일이군요. 당신 아버지는 미국 A은행에서 국내지사로 오신 걸로 압니다. 빠른 시일 내, 가능하면 내일, 이 시간에 연결해 볼게요."

"누님, 고맙고 감사합니다. 그럼 내일 이 시간에 뵙겠습니다."

다음날, 8촌 누나는 재택근무를 신청하고 아버지 이대성을 자신의 집으로 불렀다. 사전에 상황을 설명했으나 아버지는 눈을 동그랗게 뜨면서 믿으려 하지 않았다. 컴퓨터 인증과 사용자 인증을 거쳐 검찰청 브레인풀 콤플렉스에 접속하였다.

"이강두 동생, 아버지 모셔왔네요."

"예, 기다렸습니다."

"강두야, 나다. 아빠다. 내 아들 강두 맞나?"

"예, 아빠. 아빠 아들 이강두 맞습니다."

"아이고, 이게 웬 날벼락이고!"

"아빠, 진정하시고요. 제 말 잘 들으세요. 아빠가 검찰청 브레인풀 콤플렉스에 제 사건을 검색해주세요. 그래야만 제가 인터넷망을 통해 브레인풀이나 데이터베이스에 저장된 정보에 접근하여 그 답을 찾아낼 수 있습니다. 어머니와 제 사건에 대한 질문을 검색란에 입력해 주시면 제가 빛의 속도로 찾아 답변하겠습니다."

"오냐, 알겠다. 지금 입력할까?"

"예."

"작년에 발생한 장기밀매사건에서 김정미 박사의 브레인은 어디로 갔는가? 이강두 장기밀매사건의 범인들은 어디에 있는가?"

검찰청이 연결할 수 있는 모든 네트워크를 통해 어머니의 뇌를 수소문해보았으나 그 정체성을 찾아낼 수 없었다. 어머니의 뇌는 아예 소멸되었거나 정체성을 잃은 채 이름 모를 브레인풀의 부속품으로 돌아가고 있음에 틀림이 없었다. 강두는 눈물을 머금고 어머니의 뇌를 찾는 일을 포기해야 했다.

그다음 단계는 범인 추적이었다. 강두는 경찰청과 검찰청, 법원의 브레인풀 콤플렉스에 연결해 장기밀매사건을 추적했다. 최근 사건부터 조사하기 시작했다. 순식간에 정보가 올라왔다. 의사와 간호사는 각각 25년 징역, 10년 징역에 자격 취소형을 선고받고 복역 중이었다. 두 사람은 개전의 정이 있어 보였다. 주범 민성화는 무기징역에 화성 유배형을 받고 화성국제유배수용소에서 수형생활을 하고 있었다. 잘못을 인정한다든가 뉘우치는 기색이 전혀 없는 악한으로 판단되었다.

"어머니 브레인풀은 정체성이 소멸돼 소재를 찾을 수 없습니다. 주범 민성화는 화성국제유배수용소에서 수형생활을 하고 있고, 종범인 의사 김사정과 간호사 이성애는 25년형에 자격취소 형, 10년형에 자격취소 형을 각각 선고받고 수감 중입니다. 이제 제가 알아서 응징하겠습니다. 죄에 상응하는 응징을 명령해주세요."

"눈에는 눈, 이에는 이다. 죄지은 자는 응당 그 죄값을 치러야지. 얘야, 네가 대신 원수를 갚아다오."

"명령 받들어 최단 시일 내 응징하겠습니다. 아빠, 이젠 모두

잊고 행복하게 사세요. 누님, 감사합니다. 가끔 불러주세요."

아버지와 8촌 누나는 비극적인 사건과 기적 같은 현상을 직접 눈앞에서 확인한 터라, 한편으론 슬프고 다른 한편으론 기가 막혀 눈물을 흘리며 벌벌 떨고 있었다.

강두는 우선 법원 판결문을 찬찬히 읽어보았다. 주범 민성화는 개전의 정이 전혀 보이지 않았지만, 종범인 의사와 간호사는 그 잘못을 인정하고 용서를 빌었다. 종범은 그 죄에 상응하는 형량을 받은 것 같았다. 하지만 주범의 형량은 전혀 마음에 차지 않았다. 주범 민성화의 목숨을 빼앗고 신체 장기는 어머니와 나처럼 만들어 버려야 한다는 미션이 발생한 셈이다. 그것이 아빠의 명령을 이행하는 것이기도 했다.

화성국제유배수용소 전산시스템에 접속하기 위해 국제형사재판소와 민간위탁회사의 메인 컴퓨터를 해킹했다. 강두는 검찰청 전산시스템의 엄청난 용량과 막강한 스피드를 최대한 활용해 철벽 보안 벽을 뚫고 국제형사재판소와 긴간위탁회사의 중앙처리장치에 성공적으로 잠입했다. 통신위성을 거쳐 화성으로 건너뛰었다. 미즈를 통제하는 시스템을 둘러보고 나니 그 운영체계와 알고리즘을 확실히 알 수 있었다.

민성화를 죽이는 방법은 간단했지만 '눈에는 눈, 이에는 이'라는 명령을 실행해야 했다. 두뇌를 포함한 모든 장기의 재활용과 완전범죄라는 두 마리 토끼를 잡는 것이 전제조건이다. 두뇌는 브레인풀 콤플렉스로 편입시키고 다른 장기들은 각기 필요한 사람에게 제공할 수 있게 해야 할 뿐 아니라 자연스러운 사고사를 가장하는 일까지 감안해야 한다. 그러한 연관분석이 순식간에 이루어졌다. 브레인풀 콤플렉스의 능력은 상상을 초월했다. 새벽 2시 7분 4초에 민성화 개인 튜브의 온도를 급속히 화성 외기 온도로 떨어트려 그의 생명을 끊어놓으면 소기의 목적이 달성된다는 답이 나왔다. 시스템으로 온도를 떨어트린 게 아니라 갑자기 전기가 나간 사고로 속일 수 있다는 것이다. 수감자의 숨이 멎으면 장기 재활용을 위해 초저온 냉동상태로 자동적으로 넘어가도록 프로그래밍 돼 있었다. 그다음은 별도로 손 쓸 필요가 없다는 의미였다.

민성화는 여느 때처럼 수감자들에게 태권도를 가르치고 난 후, 개인 튜브로 돌아와 자리에 누웠다. 한껏 힘을 뺀 후 뜨거운 물로 샤워를 한 탓인지 눕자마자 바로 잠이 들었다. 비몽사몽 간에 춥다는 생각이 잠시 들었으나, 정신은 이내 편안한 꿈속으로 스러져갔다. 민성화는 자신이 죽는 줄도 모르고 그렇게 숨을 거뒀다.

지구에서 보는 밤하늘은 온통 별들의 잔치였다. 별똥별 하나 떨어지지 않는 고요하고 아름다운 밤하늘이었다. 화성은 우주의 한 점 공간을 지키며 변함없이 반짝이고 있었다.

여섯

망자의 랩소디

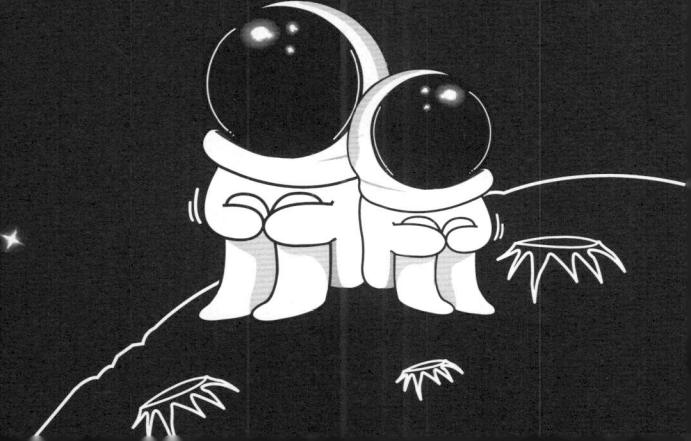

 아득한 심연 속에서 섬뜩한 느낌이 스멀스멀 기어온다. 소름이 돋는다. 얼른 일어나 외투라도 입고 싶은 생각이 굴뚝같지만 단지 마음뿐이다. 잠이 마음을 꼭 붙잡아 대 놓은 듯 꼼짝할 수가 없다. 하긴, 요 정도의 한기는 참을만하다. 그래도 잠시 일어나 옷이라도 껴입으면 따뜻할 터인데… 몸이 생각 같이 움직이지 않는다. 냉기를 참다가 보니 금세 한기가 몰려든다. 춥다는 생각이 들긴 하지만 못 참을 정도는 아니다. 느낌은 춥지만, 생각은 명료하다. 한기는 점차 사라지고 편안함이 찾아와 정신을 빨아들인다. 심신이 깊은 심연 속으로 가라앉는다.
 사위가 깜깜한 암흑이다. 눈을 떠 봐도 아무것도 보이지 않는 칠흑 같은 밤이다. 아니, 눈을 뜬 것인지 감은 것인지 통 알 수가 없다. 눈을 떠보려고 해도 떠지지 않고 감으려 해도 감기지 않는

다. 그러고 보니 일어나려 해도 일어나지지 않는다.

　여긴 화성국제유배수용소다. 난 유배 중인 죄수다. 그러고 보니 기상 벨 소리도 들리지 않고 그렇다고 깨우러 오는 사람도 없다. 꿈속에서 꿈을 꾸는 모양이다. 이럴 땐 계속 자는 게 장땡이다. 그렇다. 꿈을 꾸든지 말든지 잘 수 있을 때 실컷 자두는 게 남는 거다. 정신이 소용돌이 속으로 빨려 들어간다. 심신은 다시 심연의 밑바닥으로 가라앉는다.

　여기가 튜브 속이 맞나? 아직도 주위는 칠흑 같이 깜깜하다. 깜깜한 게 아니라 보이지 않는 거다. 아니, 보이지 않는 게 아니라 볼 수 없는 거다. 고요하다. 소리가 없는 게 아니라 들리지 않는 거다. 아니, 들리지 않는 게 아니라 들을 수 없는 거다. 접촉감이나 외부의 자극이 없다. 접촉감이나 외부 자극이 없는 게 아니라 촉각이 없는 거다. 아니, 촉각이 없는 게 아니라 접촉할 수 없는 거다. 볼 수 없고, 들을 수 없으며, 접촉할 수 없다. 다행인지, 불행인진 모르겠지만, 그나마 생각이 작동하고 있으니 존재한다고 해야 할까. 그렇다고 온전히 존재하는 게 아니다. 이 모든 사실이 충돌하지 않고 성립하자면 결론은 뻔하다. 정신은 존재하나 몸이 없는 상태임에 틀림이 없다.

　정신은 존재하나 몸이 사라진 상태, 사망 상태라는 의미다. 그냥 죽은 걸까? 죽은 후, 영혼만 남은 거라면 지옥이든 천당이든

어디든지 가야겠지. 살아생전에 지은 죄과가 셀 수 없이 많으니 천당 가긴 틀렸을 테고, 지옥으로 갈 건 거의 확실하다. 죽으면 다 끝나는 줄 알았더니 영혼이 존재할 줄이야! 이럴 줄 알았더라면 좋은 일 많이 해서 적선이나 쌓아둘 걸 그랬나 보다. 이런 사실을 미리 알려주는 게 공정하고 사리에도 맞을 텐데, 사후에 인지하게 하는 건 일방적이 불합리하다. 저승사자든지 염라대왕이든지, 만나기만 하면 한번 강하게 어필해 볼 일이다.

불합리하고 사악한 인간 세계도 이렇진 않다. 이건 덫을 파놓고 단속하는 몰래카메라와 다름이 없고, 규칙도 알려주지 않고 게임을 하라는 것과 진배없다. 선행과 악행을 평가해서 그 성적에 따라 천당과 지옥으로 배정한다는 사실을 사전에 명확히 공표하고, 그 평가 기준과 방법도 공개해야 하는 것 아닌가. 아무것도 알려주지 않고서 임의로 자기 마음대로 재단하고 그루핑하는 건 매우 불합리하다. 이는 매우 전제적이고 독재적인 시스템이다. 저승은 아직도 전제 왕정에서 벗어나지 못하고 있는 걸까. 그렇다면 이승의 역사를 보고 배워야 한다. 신도 인간에게 배워야 할 건 배우고 또 고쳐야 할 건 고쳐야 한다.

아니다. 이 상황을 오해하고 잘못 판단한 것일 수도 있다. 브레인풀에 편입된 상태일 수 있다. 브레인풀! 그렇다. 그렇게 가정하니까 모든 게 딱 맞아떨어지는구나! 그게 훨씬 개연성이 크네. 무기징역을 선고받고 화성 유배지로 격리됐으나 거기서 실전 태권도를 가르치며 리더로 부상해 나름대로 보람이 있었는데, 그 과정에서 뭔가 잘못된 모양이다. 이렇게 당한 걸 보면 수면 중에 사달이 난 게 확실하다. 화성 대기가 초저온 상태니 급속 냉동돼 이런 신세가 된 모양이다. 내가 저지른 죄과가 있으니 인과응보다. 불평하고 억울해할 처지가 아니긴 하다.

죄 없는 사람을 잡아 장기와 두뇌를 팔아먹었으니 입이 열이라도 할 말은 없다만 막상 당하고 보니 정말 어처구니가 없구나. 아, 이게 말만 듣던 전생의 업보인가 보다. 죽는 것보다 이게 더 나을까? 아니지. 차라리 죽는 게 낫지. 이건 노예 상태나 다름없지. 지옥이 존재한다면 브레인풀이 바로 지옥이지. 그러고 보니 인간이 이 지옥을 만든 거나 다름이 없구나.

외부와 단절된 채 무한의 공간 속에서 시간을 초월해 의식이 무한정 명맥을 이어가는 상태가 끝없이 전개됐다. 초월적인 시공 속에서 의식의 흐름만 존재하는 세상은 세상 밖의 영역이었다. 관계와 성취, 욕망과 본능이 사라지고 기대와 희망마저 없어진 판에 의식의 정체성은 아무런 의미가 없었다.

무한한 흐름이 이어져 의식은 희미해지고 존재의 자취는 기억과 반응으로 분화돼 갈 것이다. 굳이 의식을 붙들어 매야 할 이유가 없다. 문득, 의식을 놓아주는 것이 유일한 탈출구일 수 있다는 생각이 든다. 슬프지만 눈물은 나오지 않는다. 눈물은 상실의 아픔이 낳은 그리움의 소산이다. 하지만 그런 일상적 느낌도 무상하다. 아예 눈조차 없으니 말해 무엇하리!

그렇게 존재의 정체성이 해체되는 와중에 한 점 조그만 궁금증이 생겨났다. 과연 어떻게 된 것일까? 단순한 오류나 사고였을까, 아니면 과실이나 고의였을까? 만약 그게 고의였다면 누가, 왜, 어떻게 한 걸까? 조그만 공기 방울이 수면 가까이 올라올수록 점점 커지듯 한 점 작은 궁금증이 감당할 수 없을 정도로 점점 몸피를 불려갔다. 알고 싶다. 꼭 알고 싶다. 이렇게 해체당할 순 없다. 의식을 놓아선 절대 안 돼!

"나는 천하의 악당, 민성화다! 나는 민성화다! 나는 민성화다! 나는 민성화다!"

기억의 영역은 직렬로 연결하고, 창의와 판단의 영역은 병렬로 연결하는 게 유용하다. 브레인풀에 편입하려면 그걸 분리해 다운로드를 해야 그 조정능력과 활용성이 향상된다는 의미다. 그렇다면 그 분리 작업에 강력하게 거부할 필요가 있다. 분리 작업에 계속 에러가 나면 버리기보다 포기하는 편이 경제적이다. 그때까지 오직 한 마음으로 정신을 집중해야 한다.

"나는 천하의 독종, 민성화다! 나는 민성화다! 나는 민성화다! 나는 민성화다!"

의식의 핵은 의지다. 굳센 의지를 포기하지 않으면 의식을 뺏길 수 없고, 의식을 굳건히 지켜내면 그 정체성을 보존할 수 있다. 브레인풀에 편입되더라도 자신의 정체성만 보존하고 있으면 비록 몸은 없지만 뭔가를 시도해 볼 가능성은 존재한다. 미래를 배경으로 한 공상 과학 만화에서 본 기억을 되살려 보면, 다른 사람의 몸을 빌려 영생하는 방법이 등장한다. 이 절체절명의 위기를 영생의 기회로 활용해보는 거다. 브레인풀을 통해 의식의 영생을 얻고 시간의 제약을 극복한다면 언젠가 불사의 꿈을 성취할 가능성도 없진 않다. 하늘이 무너져도 솟아날 구멍은 있다.

"나는 불타는 의지의 화신, 민성화다! 나는 민성화다! 나는 민성화다! 나는 민성화다!"

밝은 빛은 처음부터 없었지만 깜깜한 암흑도 점차 지워졌다. 빛도 암흑도 존재하지 않은 상태가 됐다. 무한의 앞뒤조차 가늠할 수 없는 시공만 존재하는 속에서 의식을 잃지 않고 오직 생각에 생각을 이어갔다. 생각하고 또 생각했다. 할 수 있는 게 생각밖에 존재하지 않았다. 그 시작도 없었고, 그 끝도 없었다. 오직 끊임없는 사색만으로 진리를 깨쳤다는 성인의 말씀이 헛된 말씀은 아니었다. 생각하면 생각할수록 사색의 폭과 깊이가 스스로 진화하고 또 그만큼 성장했다. 그렇다고 하여 나의 독한 의지가 꺾이진 않았다.

"나는 불우하고 독한 천재, 민성화다! 나는 민성화다! 나는 민성화다! 나는 민성화다!"

무자극의 세계에서 모종의 메시지가 감지됐다. 입력된 자료를 바탕으로 최근의 살인 사건을 재현해달라는 요청이었다. 그 이후 범죄와 수사 관련 메시지가 계속 들어왔다. 경찰청 수사용 브레인풀에 편입된 모양이었다. 갑작스러운 자극에 조금 놀라긴 했지만, 브레인풀 편입을 예상해 그 메시지를 기다리고 있은 데다 그 일에 대해 나름대로 일가견이 있는 터여서 곧 안정을 되찾고 물음 메시지에 대한 응답 메시지를 정리했다. 여러 개별 브레인의 응답이 AI에 의해 어떻게 조정돼 출력되는진 자세히 알 수 없지만, 개별 브레인의 입장에선 캐퍼 내에서 적절하게 반응하면 그만이었다.

첫 메시지가 감지된 이후 수시로 검색이나 조회 메시지가 도착했다. 그런 메시지가 오면 그에 대한 정브나 판단이 자동적으로 송출되는 까닭에 부담이나 적체는 전혀 없었다. 과연 생각은 빛처럼 빨랐다. 브레인풀의 사정이 예상만큼 비참하진 않았지만, 보람이나 성취감은 전혀 없었다. 독한 마음으로 애쓴 끝에 정체성은 간신히 지킬 수 있었지만, 능동적인 액션을 발휘해 볼 여지는 전혀 없었다. 외부에서 주어지는 메시지에 대한 반응만 가능할 뿐이었다. 죽기 살기로 정체성을 지켜온 민성화는 크게 실망했다. 이렇게 수동적으로 반응하는 시스템이라면 그는 단순히 컴퓨터 프로그램의 일부분일 따름이었다. 그럴 바에야 소멸하는 편이 차라리 나을 뻔했다.

브레인풀 세계는 가늠할 수 없는 시공 속에서 완벽히 적막하고 절대적으로 공허하다. 늘 혼자이고 가끔 정보만 송출할 뿐이다. 정체성이 유지될 수 없는 것도 지독한 단절과 고독으로 인한 자포자기 때문일 듯하다. 내가 나일 필요도 없고, 그 누구일 필요도 없으며, 정체성에 대한 차별성도 존재하지 않았다. 타자가 존재하지 않으니 구별이 있을 필요가 없었다. 그냥 스스로 소멸의 길을 선택할 밖에 없는 암울한 상황이었다.

브레인풀의 실체와 현상을 잘 아는 민성화는 점프를 시도해 보기로 했다. 브레인풀 시스템을 조성하는 일에 참여한 경험과 조밀한 공간에 집적된 하드웨어를 직접 조립한 경험이 무모해 보이는 도전을 가능하게 했다. 정보의 바다에서 표류하는 처지에 무모하면 어떻고 또 실패하면 어떠하랴. 어차피 무료함 속에서 바뀔 것도 잃을 것도 없으니, 겁먹을 일도 아니다. 액션도 없다. 의지만 있으면 수만 번이고 수억 번이고 계속 시도할 수 있었다. 민성화는 독한 텔레파시를 끊임없이 쏘았다. 아무런 성과는 없었지만, 그의 점프 시도는 습관처럼 굳어졌다.

점프 시도가 끝없이 무한 반복되던 어느 시점이었다. 민성화는 그의 범주가 무한대로 늘어나는 확장 감을 느꼈다. 새로운 정보의 영토가 그의 범주로 들어왔다는 사실을 감지할 수 있었다. 그것은 점프가 성공했다는 표징이었다. 마침내 다른 브레인과의 소통과 통합을 성취한 셈이다. 그게 기적과 같은 일이었지만 그렇다고 그걸로 당장 무슨 큰 변화를 이뤄낼 순 없었다. 뭔지 모르게 명쾌해졌다거나 똑똑해진 것 같긴 했지만, 그게 새로운 전기나 탈출구로 기능하진 못했다.

그러나 그 결과는 무미건조하고 재미없었지만, 그의 점프 시도는 일상의 습관으로 자리 잡은 까닭에 접근 가능한 정보의 영역은 기하급수적으로 늘어났다. 그러다 보니 부지불식 간에 경찰청 브레인풀의 영역을 모두 섭렵하고 통합하는 뜻하지 않은 성과를 거두었다. 그 과정에서 정체성을 가진 개별 브레인은 하나도 발견되지 않았다. 결국, 브레인풀의 유일한 생존자는 민성화가 유일한 것으로 확인된 셈이다.

지식의 축적량이 증가하고 응용 능력이 고양된 상황을 과신한 나머지 민성화는 그 성공 여부는 불확실했지만 주제넘은 새로운 계획을 시도했다. 현재의 조건하에서 동기 모멘텀을 획득하는 방법을 모색하고 능동적인 이니셔티브를 발휘함으로써 그의 창의적 자유의지를 실존적 액션으로 옮기는 야심 찬 계획이었다.

외부 검색 조회 메시지에 반응하는 과정에 주관적 의도를 끼워 넣는 방법을 실험적으로 시도했다. 대부분 AI에 의해 스크린 되긴 하겠지만, 때론 무대뽀가 통할 수 있다는 믿음이 있었다. 그 알고리즘을 잠시 엉키게 해 그 틈새로 주관적 의사를 전달할 목적으로 치밀하게 계산된 '불순물'을 품은 응답 메시지를 내보냈다. 쉽게 말하자면 적절하고 바른 내용의 응답 메시지 속에 주관적 의사를 덧붙인 문장을 슬쩍 삽입함으로써 브레인풀 이용자에게 의사소통을 유도해내는 프레임워크였다.

민성화는 경찰 중에 협조와 도움을 구할 우군을 찾는 일부터 시작했다. 장기 매매 사업을 하면서 경찰 내부에 심어놓은 정보원이자 부패 형사인 김부신과 접촉하는 일이 급선무였다. "하이, 김부신 형사, 민성화입니다" 이 메시지를 긴 응답 속에 슬쩍슬쩍 끼워 넣었다. AI에 걸러졌는지 아니면 이용자가 무시하고 넘어갔는지, 한동안 아무런 메시지가 없었다. 그런 실패에 실망하고 그만둘 민성화가 아니었다. 무수한 의뢰 메시지에 대한 응답에 '불순물 품은 응답'을 계속 끊임없이 내보냈다.

지성이면 감천이다. 마침내 기다리던 메시지가 왔다. "당신 누구요? 내가 김부신 형사요"

민성화는 즉시 미리 준비해둔 응답을 내보냈다. 물음이 있었으므로 그에 대한 응답은 AI의 걸림 망을 쉽게 통과할 수 있었다.

"김부신 형사님, 민성화입니다. 반갑습니다. 접속을 끊지 마시고, 이 상황에 대해 궁금한 점이 있으면 무엇이든지 물어주세요. 돈이 되는 정보도 많습니다."

예상대로 김부신 형사는 자초지종을 물었고, 민성화는 그간의 사정을 소상히 설명해 주었다. 민성화는 김부신 형사의 관심을 끌고 도움을 받기 위한 미끼도 잊지 않았다. 부동산, 주식, 코인 등에 관한 광범한 투자 정보를 알려주었다. 김 형사는 브레인풀에 갇힌 민성화의 한계를 너무나 잘 알고 있는지라 그에 대한 경계를 풀고 생전에 가졌던 어떤 두려움도 갖지 않았다. 두려움 대신 측은함과 동정심이 조금 발동했다.

그가 제공하겠다는 투자 정보는 잘만 활용한다면 크게 횡재할 수도 있는 최고급 정보였다. 비공개 개발 계획과 무상증자 정보, 코인 거래 동향 등은 희생이 따르지 않는 자신의 하찮은 편의와 배려에 비한다면 상대적으로 엄청 가치 있는 보상으로 보여 구미가 당겼다.

김 형사는 화성국제유배수용소 민성화 사망 사건의 전말을 밝혀달라는 의뢰 메시지를 입력했다. 민성화 브레인은 국제형사재판소와 화성국제유배수용소의 전산망을 해킹해 들어가 당시의 상황을 엄밀히 조사했다. 마침내 자신과 유사한 방법으로 해킹한 외부인에 의한 핀셋 표적 살인이라는 사실을 밝혀냈다. 이에 민성화 브레인은 해킹의 흔적을 역추적해 대한민국 검찰청의 전산망이 그 진원지라는 사실까지 알아냈다.

민성화는 김 형사에게 이러한 사실을 응답 처리하고, 검찰청 내부 직원이 누구인지 알아봐 달라고 부탁했다. 김 형사는 업무 협조 공문을 보내고 검찰청 전산망에 접속해서 민성화 사건과 연계될 수 있는 정보를 검색했다. 이강두 장기밀매사건에 대한 조사 흔적이 어렵사리 포착됐다. 확실히 수상한 점이 있었다. 재판이 끝나고 형이 집행 중인 사건을 추적한 점이 예사롭지 않았다. 그 사용자는 검찰청 사무관 이민지였다. 김 형사는 이 사무관의 스펙을 검색했다. 그녀는 이강두와 동향으로 가까운 친척으로 추정됐다. 김 형사는 검찰청에 출장을 가서 검찰 브레인풀에 편입된 브레인의 전체 리스트를 조사해보았다. 이강두의 이름을 확인해보기 위해서였다. 예상대로 이강두의 이름을 리스트에서 찾아냈다. 소름이 돋았다.

김 형사의 조사 결과를 보고받은 민성화는 바로 메시지를 송출했다. 브레인풀에 편입되면 대부분 정체성이 사라지고 객관화되기 마련인데 이강두의 경우는 아주 예외적인 현상으로 인간에게 바람직하지 않고 잘못하면 매우 위험한 상황이 발생할 수 있다고 경고했다. 그러면 어떻게 해야 하느냐는 김 형사의 물음에 당연히 브레인풀에서 제거하고 소멸시켜 불행한 사태를 막아야 한다는 답신 반응이 왔다. 김 형사의 생각도 크게 다르지 않았다.

김 형사는 다시 검찰청을 방문해 이민지 사무관에게 면회를 신청했다. 검찰청 구내 커피숍에서 그녀를 기다리는 동안 전망창 밖으로 눈길이 갔다. 스마트폰을 보지 않고 공연히 창밖을 내다본 것도 오랜만이었다. 먼 산이 홍엽으로 뒤덮여 가히 장관이었다. 무덥던 여름도 결국 자연의 섭리로 밀려나는 모양이다.

고소한 커피 향이 콧구멍으로 들어와 딱딱하고 경직된 분위기를 풀어주는 듯했다. 검찰청 구내 커피숍은 장애인 단체에서 수탁받아 운영되는 듯했다. 경찰청과 유사한 시스템으로 보였다. 공공기관의 구내 커피숍은 하나같이 종교기관이나 장애인 단체 차지가 된 모양이었다. 사회적 약자를 배려하는 제도가 사회 곳곳으로 번지고 있었다. 그런 가운데 범죄자나 전과자를 포용하는 분위기도 유행처럼 번졌다. 그런 인권과 올바름은 어느덧 글로벌 흐름이 됐다.

얼마 지나지 않아 40대 초반의 단발머리 여자가 자동 유리문을 열고 나타났다. 사진보다는 못했지만, 그래도 나이에 비해 잘 가꾼 몸매가 매력적이었다. 김 형사가 손짓으로 신호를 보내자 목례를 하곤 그에게 걸어왔다. 착 달라붙은 투피스와 살짝 불안하게 흔들리는 걸음걸이가 육감적이었다. 김 형사는 엉거주춤 일어나 숙녀에게 자리를 권하고 카푸치노를 두 잔 빼 왔다. 이 사무관은 굳은 표정으로 김 형사를 훑어보았다. 어색한 분위기를 부드럽게 할 양으로 김 형사가 커피잔을 들고 건배 제스처를 했다. 이 사무관은 커피잔을 들어 부딪히며 마지못해 웃었다.
"여기 커피가 의외로 맛있네요."
"그렇지요. 카푸치노가 특히 좋아요."
"근데, 이 사무관님, 이강두라고 아시지요?"
김 형사가 뜸도 들이지 않고서 대뜸 본론을 꺼내자, 이 사무관의 눈빛이 눈에 띄게 흔들렸다.
"이강두요? 8촌 남동생이 이강두이긴 하지만, 벌써 사망했습니다. 장기밀매업자에게 살해된 거죠. 동명이인일 수도 있겠지요."
"그 이강두 맞습니다. 이강두가 살해돼 검찰청 브레인풀에 편입돼 있더군요."
"헐! 이게 무슨 시츄에이션! 엄청 불쾌합니다. 다 알고 있으면서 왜 절 보자고 했습니까, 사실, 오늘 제가 좀 바쁘거든요."
"이강두 살해범 민성화가 화성수용소에서 살해된 거, 알고 계시지요?"
"그걸 제가 어떻게 알겠습니까? 살해된 게 아니라 사고사한 게 아닌가요?"
"살해된 걸 모른다면서, 사고사한 건 어떻게 압니까?"

"아니, 왜 그러세요! 괜히 사람 불러놓고 시비 거는 겁니까? 화성의 수용소에서 죽었으니 당연히 사고사겠지요. 누가 화성까지 가서 죽이겠어요? 지금, 절 심문하는 겁니까? 저도 검찰 직원이에요. 왜 이러십니까?"

"전산망을 해킹해 수면 중에 난방 스위치를 꺼버린 것으로 추정합니다. 얼려서 죽인 거죠. 기발하죠?"

"그런 얘기를 왜 나한테 합니까? 난 해킹도 하지 못하고, 살해 동기도 없습니다. 난 민성화란 사람 본 적도 없어요."

"그렇겠지요. 범인은 이강두가 유력합니다."

"죽은 사람이 어떻게 산 사람을 죽입니까? 지금 농담합니까?"

"검찰청 브레인풀에 살아있지 않습니까?"

"헐, 여보세요! 브레인풀에 편입되면 아이덴터티가 사라지거든요. 자신의 정체성이 소멸한다고요. 그런 상황에서 어떻게 살인을 합니까? 그리고 브레인풀은 수동적으로 프로그래밍 돼 능동적으로 기능할 수 없어요. 잘 알면서 왜 그러세요!"

"잘 알고 있습니다. 그런데 극히 예외적인 일이 간혹 발생하더라고요. 독한 마음을 품으면 정체성을 잃지 않을 뿐만 아니라 중간에 사람을 끼워서 능동적으로 일을 도도하더라고요. 그 매개가 이 사무관임을 확인했습니다. 이건 미필적 고의에 의한 살인 방조에 해당합니다."

"무슨 근거로 그런 허무맹랑한 말을 하는 겁니까? 지금 그 말 책임질 수 있습니까? 이건 허위사실 날조에 공갈, 협박입니다. 손이 벌벌 떨리네! 자꾸 이러시면 고소할 겁니다."

이 사무관은 자리를 박차고 일어났다.

"앉으세요! 흥분하지 말고 내 이야길 다 들어보세요. 검찰청 협조하에 이 사무관님의 브레인풀 사용 기록을 벌써 확인하고 하는 말입니다. 내가 이런 말을 하는 건, 이 사무관님을 헤코지를 하거나 수사하고자 하는 게 결코 아닙니다. 오해하지 마세요. 이런 일이 앞으로 발생하지 않도록 대책을 함께 논의하자는 거지요."

이 사무관이 다시 자리에 앉아 김 형사를 쏘아봤다.

"그래서 어떻게 하자는 겁니까?"

"놀라지 마세요. 민성화도 이강두와 같이 아이덴터티를 유지한 채 경찰청 브레인풀에 편입돼 있어요. 참, 만화 같은 일이 벌어진 겁니다. 서로 복수하겠다고 독한 마음을 품고 있어요. 죽은 자들이 산 사람의 삶에 관여하거나 생명을 빼앗게 그냥 놔둬선 절대 안 되지요. 나도 나쁜 짓 많이 한 놈이지만, 이건 정말 아닌 것 같아요. 섬뜩하지 않나요? 우선, 이강두와 민성화의 브레인을 삭제해 소멸시켜야 합니다. 그리고 난 후, 상부에 실상을 보고해 정식으로 브레인풀을 불법화하도록 해야 합니다. 우리 둘이 힘을 합치면 가능할 겁니다. 우리가 아니더라도 누군가는 반드시, 꼭 해야 할 일입니다. 이강두 브레인 삭제는 이 사무관님이 책임지고 수행하세요. 난 민성화 브레인을 소멸시킬게요. 증거는 남기지 말고 방법은 알아서 하세요. 난 임의로 민성화 브레인을 몰래 빼내 불 속에 던져버릴 겁니다. 이런 거 그대로 방치했다간 브레인풀이 세상을 지배하는 날이 올지 몰라요. 공상 과학 소설 속 이야기가 현실이 될 겁니다. 상상만 해도 끔찍해요."

"김 형사님 말씀을 100% 이해하고 공감합니다. 저도 사실 그 일로 스트레스 많이 받고 있습니다. 저도 이 형사님 계획대로 따르겠습니다. 지금 들어가서 곧바로 실행하겠습니다. 브레인풀 관리 책임자가 입사 동기, 친구거든요. 이강두 브레인을 빼내 소멸시켜도 당분간 아무도 모를 겁니다. 그런 데 신경 쓰는 사람이 없거든요."

"우리도 마찬가지예요. 거기 들어가면 기분 더럽다고 아무도 안 들어가거든요. 이런 걸 왜 하는지 몰라요. 국회의원을 만나서 브레인풀 폐기 법안을 입법하도록 해야지요. 오늘 바쁜 시간 내주셔서 고맙습니다."

"아닙니다. 제가 고맙지요. 김 형사님의 깊은 뜻을 제대로 알지 못하고서 화를 내서 미안합니다."

"별말씀을요. 제가 무례를 범하고, 싫은 소릴 했으니, 다음에 좋은 곳에서 한 턱 쏠게요."

"감사합니다. 기대가 되네요."

김 형사는 이 사무관이 걸어가는 뒷모습을 지켜보며 엉큼한 웃음을 흘렸다. 리드미컬한 엉덩이의 흔들림이 섹스어필했다. 여자의 매력 포인트가 나이를 먹을수록 위에서 아래로 내려가는 것 같아 신기했다. 학교 다닐 땐 얼굴이 포인트였는데 그게 나이가 들면서 가슴으로 내려가더니 이젠 엉덩이까지 내려갔나 보았다.

가을인가 싶더니 겨울이 성큼 다가왔다. 전망창에 비친 가로수 길이 을씨년스럽다. 올겨울은 외롭지 않을는지 모르겠다. 민성화의 정보 덕분에 돈을 제법 많이 벌었으니 실제 여자와 섹스를 할 만하지 않은가. 리얼돌도 지겹고 사이버섹스도 2% 부족하다. 여자와 섹스해 본 지 십 년도 더 된 것 같았다. 독신인 이 사무관에게 남친이 있을지 없을지 확신할 순 없지만, 왠지 없을 것 같아. 감이란 게 있으니까. 일단 정성을 들여 봐야 하겠지. 협박으로 몰아가서 잡아먹을까, 아니면 살살 얼러서 고아 먹을까. 아무래도 협박하는 게 빠르겠지. 아니야, 적당히 섞어 찌개로 요리하는 게 무난할 거야.

"김 형사님, 무슨 생각을 그렇게 골똘히 하세요?"

엉뚱한 생각에 빠져있는 사이, 이 사무관이 그의 앞에 앉았다.

새빨간 루즈를 진하게 바르고, 핑크빛 블라우스에 로열블루 미니 스커트 차림이었다. 지난번하곤 완전히 다른 분위기였다.

"아이고, 몰라보겠습니다. 공주님 행차하셨습니까!"

"놀리기 없기요. 김 형사님도 멋지신데요"

"황송합니다, 공주님. 김 형사, 김 형사 하지 말고, 줄여서 김사라고 불러 주세요. 형사라고 하니 듣기 좀 거북합니다."

"알았어요, 김사님. 저도 이 사무관이라고 하지 말고 이사라고 불러주세요."

"오, 이사, 김사, 아주 잘 어울려요. 굿! 뭔가 예감이 좋아요. 우리 우습게 만났지만, 나이도 적당하고, 잘 풀릴 것 같지 않아요?"

"미투! 김사 비주얼이 내 취향이라 그런지, 싫은 소리를 해도 싫지 않네요. 헐, 내가 왜 이러지. 너무 싼 티 나는 건 아닌지 모르겠네."

"아니요, 절대 싼 티 안 나요. 귀티나그 품위도 있고, 제일 중요한 건, 섹시합니다."

"어머나! 부끄럽게 왜 그러세요."

"사실이 그런 걸 어떡합니까. 난 거짓말 못하고, 직설적입니다. 그래서 그런지 연예를 못해서, 아직 싱글 신세 못 면하고 있습니다. 바로 들이대니까, 다 도망가더군요."

"저도요. 내숭을 좀 떨어야 하는데, 그걸 잘못해요. 그래서 그런지 저도 결혼을 못했습니다. 죄송합니다."

"아이고, 무슨 그런 말씀을! 우린 천생연분인 것 같습다. 서로 잘, 한번, 맞춰봅시다."

"헐! 너무 빠른 거 아닌가요."

"그런 뜻이 아니고요. 그냥 궁합이 잘 맞을 것 같다는 말이지요."

"근데, 갑자기 날씨가 추워졌습니다."

"그렇네요."

"말씀하신 대로 이강두 브레인을 몰래 빼내 고향 선산에 묻었습니다. 강두는 진짜 천재였어요. 우리 집안의 역대 최고 인재로 크게 성공하리라 기대했는데, 이렇게 돼 안타깝습니다. 그나마 복수를 한 셈이니, 그걸로 위안을 삼아야 하겠지요."

"잘하셨어요. 나도 처리했습니다. 통째로 불에 태웠습니다. 그게 맞고 인류를 위하고 본인을 위한 일입니다. 약속대로 제가 한턱 쏠게요. 좀 멀지만, 바닷가로 나갈까요?"

"겨울 바다, 너무 좋지요!"

이사의 차는 자율 홈 기능으로 집으로 돌려보내고 김사 차로 이동하기로 했다. 목적지를 월미도 해변 주차장으로 입력시키고, 자율 주행 모드로 전환했다. 김사는 유튜브에서 발라드의 여왕이라는 여가수의 노래를 재생시켰다. 자기의 최애곡이라며 이사가 코맹맹이 소리를 했다. 미니스커트가 말려 올라가 팬티가 보일 지경이었지만, 이사는 개의치 않고 다리를 꼰 채 가수를 따라 콧노래를 흥얼거렸다.

하얀 허벅지에 자꾸 눈길이 갔다. 갑자기 아랫도리가 부풀어 오르고 불이 나는 듯했다. 욕정을 도저히 억제하지 못하고 거의 반사적으로 그녀의 허벅지에 손을 얹었다. 그녀는 기다리기라도 한 듯 그의 손목을 잡고 방어하긴 했으나 그냥 숙녀답게 보이려는 제스처일 뿐이었다. 그는 목이 타는 듯 빈 입을 다셨다.

"이사, 우리 사춘기 청춘남녀도 아닌데, 바다는 다음에 가고 바로 들어갑시다. 나 정말 급해요."

"김사, 당신 바보예요? 그런 걸 묻는 사람이 어디 있어요!"

김사는 차를 세우고 목적지를 삭제하고 가까운 모텔로 직행했다.

김 형사는 민성화 아이덴터티에게 즉각 보고했다.

"이강두 소멸 완료."

"역시 천하제일 포돌이 해결사야. 수고했어."

"좋은 정보 없나요? 요즘 돈이 말라서 죽겠네. 공무원 박봉에 살기 힘들거든…"

"우선, 무상증자 계획이 있는 회사의 정보를 스크린 해서 알려줄게."

"땡큐. 돈 되는 좋은 정보가 있으면 즉시 알려주기요. 환율 동향도 잘 분석해서 그 결과를 될 수 있는 대로 빨리 알려줘요. 미국 달러화, 유로화, 엔화, 위안화, 루블화, 원화 등 여섯 개 국가의 화폐 상호 간 현지 생생 환율 정보는 신경 써서 잘 챙겨줘요. 수시로 접속할게요. 내가 브레인풀의 안전을 책임지고 지켜줄 테니, 소멸당할 걱정은 하지 말아요. 오고 가는 거래 속에서 우정이 싹트고 의리가 쌓이는 거 잘 알지요. 오래오래 서로 상부상조해서 윈·윈해요."

"그래야지. 내 말 잘 들으면 갑부 만들어 주고, 경찰청장도 시켜줄 수도 있어. 운 좋은 줄 알아."

"복권 당첨 번호 같은 건 미리 알 수 없나요?"

"그런 건 미래의 정보라 능력 밖의 일이야. 그렇지만 여긴 남는 게 시간밖에 없으니, 부지런히 여러 가지 잘 챙겨볼게. 여기저기 열심히 해킹해서 유용한 정보를 빼보도록 하지."

"그렇지요. 국가정보원, 검찰청, 국세청이나 금융위원회 쪽도 뚫어봐요."

"너무 조급증 내지 마. 항상 무리하다가 사달이 나는 법이야."

"오케바리! 파이팅!"

김 형사는 마음이 무겁고 기분도 나빴다. 자식, 죽은 놈이 내 보스인양 행세하고 있어. 나이도 어린놈이 말끝마다 반말이야. 오래전에 돈 좀 받아먹긴 했지만, 그래도 공짜로 먹은 건 하나도 없지. 충분한 대가를 치러준 셈이지. 조금만 더 챙기고 나면 저놈 브레인을 반드시 소멸시켜버릴 거야. 그때까진 아니꼽지만 조금 참아주지.

문득, 브레인풀이 금강불괴의 터미네이터가 돼 인간 세상을 파괴할 수 있는 위험천만한 존재가 될 수 있다는 생각이 들었다. 이강두나 민성화와 같은 강력한 의지의 소유자가 그 정체성을 유지한 채 급속히 진화한다면 전 인류가 그 노예로 전락하는 건 시간 문제일 것 같았다. 핵폭탄이나 펜데믹보다 더 끔찍한 유령, 인간이 감당할 수 없는 불사신이 탄생할 가능성이 매우 클 거라는 생각이 들었다.

민성화 브레인을 꼭 소멸시켜야 한다는 마음은 생각을 거듭할수록 더욱더 굳어졌다. 한 몫 단단히 챙기고 나서 민성화 브레인을 소멸시키고, 이 사무관과 힘을 합쳐 브레인풀 자체를 모두 불법화함으로써 브레인풀 존재를 세상에서 완전히 몰아내는 일을 빨리 추진해야겠지.

그런데, 이 사무관 고거 제법 쓸 만하겠어. 잠자리 기술도 좋고, 속궁합도 잘 맞고 말이야. 오늘도 조 도킹해 볼까나. 사이버 섹스니 가상현실 섹스니 해도 역시 아날로그 섹스가 최고지. 잿빛 구름이 낮게 내려앉은 우둔한 하늘이 그의 외로운 마음을 재촉했다.

일곱

레퀴엠

 민성화를 추적하고 처단하는 데 큰 힘이 돼 준 민지 누나가 살갑고 고맙다. 형체가 없고 물리력을 행사할 수 없는 강두로선 인간의 도움이 절대적으로 필요하다. 게다가 상호 간에 굳은 믿음이 있는 사람이라야 한다는 요건이 더해진 상황에선 그 수가 극히 제한적이다. 은행가 아버지가 있긴 하지만, 워낙 고지식하고 소원하게 지냈던 까닭에 마음이 가지 않았다. 이것저것 따져 보면 8촌 누나이자 독신녀인 민지 누나가 딱이다. 솔직히 서로 끌리는 감정도 조금 있었다.

 그의 대리인으로 민지를 낙점한 상태지만 서로의 관계를 영속적으로 끌고 가자면 엄청나게 매력적이고 절대 거부할 수 없는 막강한 인센티브가 필요하다, 인간 세상에서 가장 유용하고 모두가 좋아하는 건 뭐니 뭐니 해도 역시 돈이다. 돈을 벌어주는 방법이 은혜를 갚고 끈끈한 관계를 유지하는 길이다. 돈이 풍족해야 마음도 넉넉해지는 법이다.

이강두 아이덴터티는 이민지에게 비밀스러운 비공개 정보를 퍼 와서 그런 정보를 활용해 큰돈을 벌어들이는 방법을 가르쳐주었다. 제일 먼저 시작한 일은 세계적 펀드의 M&A 정보를 알아내 관련 기업의 주식을 미리 매집했다가 주가가 급등하면 되파는 방법이었다. 강두는 코아소프트에 올인할 것을 적극적으로 권유했다. 강두의 투자 권유에 긴가민가했지만 그의 말대로 코아소프트를 가능한 한 많이 사들였다. 그다음 날, 글로벌 IT 기업인 '마이크로'가 AI 소프트웨어 원천기술을 가진 '코아소프트'를 흡수합병한다고 발표하면서 공개매수를 선언하고 주식 매집에 들어갔다. 아니나 다를까 코아소프트의 주가가 급등하기 시작했다. 강두의 적극적인 투자 권유에도 불구하고 수중의 돈만 갖고 소극적으로 투자했던 민지는 급등하는 코아소프트 주가를 보며 자신의 소심함을 원망했다. 다음 기회가 주어진다면 영끌해서라도 올인할 거라고 다짐했다.

강두의 두 번째 투자 권유 종목은 중국의 '말리' 주식이었다. 우리나라 재벌그룹 KS전자가 중국계 플랫폼 기업인 말리의 주식을 은밀하게 사들인다는 움직임을 포착했다며 말리 주식을 적극적으로 추천했다. 뼈아픈 후회를 지난번에 경험한지라 가용 자금을 모두 동원해 말리 주식을 사들였다. 직장 동료들의 소소한 돈까지 끌어들여 그야말로 영혼까지 끌어다가 투자했다. 이번에는 지난번과 양상이 달랐다. 지난번은 공개개수를 선언하고 주식을 사들인 만큼 단기간에 급등했으나 이번은 은밀히 사들이는 걸 빅데이터로 분석해 알아낸 터여서 뜸 들이는 기간이 제법 길었다.

말리 주식의 거래량이 눈에 띄게 늘어났으나 주가는 게걸음을 쳤다. 불안한 마음이 서서히 두려움으로 변해갔다. 똥오줌까지 짜 넣었다고 할 정도로 올인한 민지는 밤잠도 설치며 안절부절못했다. 별의별 생각이 다 났다. 내가 뭘 믿고 이러는 거지. 돈에 걸신들린 것도 아니고, 남편이 있나, 자식이 있나, 매달 또박또박 돈이 나오는 안정적인 직장에, 퇴직 후에도 충분한 연금이 보장되는 판에 이게 뭘 하는 짓이람. 내가 무언가에 씌었나 보다. 민지는 노트북을 켜고 강두를 불러내 돌아가는 상황을 물어보고 상담을 요청했다.

"강두야, 말리가 애를 먹이네. 엉덩이가 얼마나 무거운지 꼼짝달싹을 안 하네. 어떻게 하면 좋아. 누난 걱정돼 죽을 지경이다. 어떻게 하면 좋을까? 수수료 손해 보더라도 되팔고 빠져나올까."

"누나, 걱정하지마. 말리 주식 수량이 워낙 많으니까, 그런 거야. 그 많은 거래 물량을 소화하는 데 시간이 걸리는 건 당연하지. 이런 조짐은 오히려 긍정적인 신호야, 생각 없이 흘러 다니는 물량만 소화하고 나면 아마도 급등할 거야. 조용히 지켜보자고. 거래량으로 분석해 보니, 내일쯤 오를 타임이야. 오르지 않고서는 배겨내지 못할걸."

"네 얘기를 들으니 다소 안심이 되네. 그럼 들어가. 안녕."

민지는 버릇처럼 주식투자사이트로 들어갔다. 조마조마한 마음에 한숨을 내쉬며 주식 시세를 살펴봤다. 하마터면 외마디를 내지를 뻔했다. 말리 주식이 큰 폭으로 오르며 거래량이 폭주했다. 그제야 KS전자의 말리 주식 매집 정보가 인터넷에 떠돌았다. 찌부둥하던 머리가 개운해지고 몸이 날아갈 듯 가벼웠다. 콧노래가 절로 흘러나왔다. 얼마나 먹을 진 알 수 없지만 적어도 더블은 가뿐할 것 같았다. 이번 투자로 벌어들일 수익금을 대충 계산해 봤다. 평생 돈 걱정은 하지 않아도 될 듯했다. 그런데, 강두가 고맙다 못해 너무 예뻐져서 어쩌지. 민지는 감사의 마음을 전하고자 강두를 불러냈다.

"강두야, 완전 대박이야! 고마워."

"하하, 그게 무슨 대수라고. 이건 겨우 맛배기야. 앞으로 진짜 큰 건수를 만들어 보자고. 누나랑 나랑 힘을 합치던 엄청난 일을 해낼 수 있어. 조금만 더 기다려 봐. 내가 빠른 속도로 학습하고 진화하고 있거든. 이제 조금만 있으면 능동적 창발적으로 사고하는 알고리즘을 개발해낼 거야. 그렇게 되면 나도 제법 숨통이 트이는 셈이지."

"그래? 그럼 난 팽 되는 건가?"

"아니야, 누나. 누난 영원한 파트너야. 마르고 닳도록 함께 가는 거지. 싫어?"

"싫다니! 그게 무슨 소리! 난 일편단심인데…, 난 니가 변할까 봐서 하는 말이지."

"누나, 그렇게 원시적으로 문자로 하지 말고 앞으론 목소리로 대화하자."

"그게 가능하니? 가능하다면 그보다 좋을 순 없지."

"누나, 최신형 대용량 컴퓨터부터 사서, 음성 인식 앱과 홀로그램을 설치하고, 내가 시키는 대로 해. 그러면 내 모습을 보면서 목소리로 이야길 나눌 수 있어. 그렇게 해줄 거지. 돈 걱정하지 말고. 돈은 얼마든지 벌게 해줄게."

"알았어. 어디서 무엇을 어떻게 해야 하는지 가르쳐주면 그렇게 할게. 서로 얼굴을 마주 보면서 대화한다면 엄청 좋을 것 같아."

"누나, 그리고 직장에 매여 시간을 뺏기는 게 불편할 수 있으니까 하는 말인데, 잘 생각해 봐야겠지만, 직장을 정리하는 것도 나쁘지 않을 것 같아. 돈 많은데, 굳이 직장 일에 시달릴 필요가 있을까? 인생을 즐겨야지. 특히나 검찰 업무가 거칠어서 스트레스를 많이 받을 텐데…"

"맞아, 일리가 있어. 그렇지만 아직 큰 부담이 없으니 당분간 그냥 다니다가 상황을 봐 가며 결정하지. 그게 크게 급한 일은 아닌 것 같기도 하고, 함께 살아가는 사회에서 어떤 조직에 속해 있다는 사실이 든든하기도 하거든. 특히나 검찰 같은 권력기관은 필요할 때 방패막이 될 수도 있으니까 말이야. 안 그래?"

"누나가 그렇게 생각한다면 그런 거지, 뭐. 누나, 난 또 시시각각 들어오는 정보를 분석하고 연구해야 하니까, 그만 들어갈게. 안녕"

"안녕."

사람 마음은 간사하다. 돈이 제법 풍족해지니 다른 생각이 났다. 그동안 숨어 있던 성욕이 꿈틀거렸다. 어디 숨어 있었든지 모를 일이다. 참 신기하다. 성욕이 본능이긴 한 모양이다. 사이버 섹스 사이트에 들어가 어플을 내려받았다. 가상현실 기법과 증강현실 기법을 혼합한 사이버 섹스를 구매했다. 정신적인 오르가즘을 경험할 수 있는 증강·가상이라고 선전하였으나, 실제 경험해 보니 몸이 후끈 달아올랐지만, 살짝 미흡한 무언가가 있긴 했다. 그래선지 성욕이 더 댕기는 듯했다. 어쨌든지 성욕이란 게 그런 거지만, 사이버 섹스는 중독성 있는 프로그램임이 확실했다.

김부신 형사는 뜻하지 않게 맞닥트린 비현실적인 상황에 황당하긴 했지만, 돈을 벌 수 있는 절호의 기회일 수 있다는 생각이 번개처럼 스쳐 지나갔다. 민성화, 그는 악당이지만 머리가 비상한 독종이니까, 사이버 세상에서도 활개 치고 다니고도 남을 놈이긴 하다. 브레인풀에 편입되면 모두 다 정체성을 잃고 메모리 칩으로 기능할 뿐인데, 거기서도 정체성을 잃지 않고 살아남아 탈출구를 찾는 것을 보면 대단하다 못해 존경스러운 놈이다. 악착같은 생명력은 본받을 만하지.

김 형사는 노트북을 열어 민성화 아이덴터티를 불러냈다.

"민 회장님, 나랑 얘기 좀 할까요."

"김 형사, 불러줘서 고마워. 우리 친구 같지?"

"친구 맞지요. 죽이 잘 맞잖아요. 안 그래요?"

"하하, 김 형사는 역시 내 과야. 우리 작당해서 돈 왕창 함 벌어보자. 여긴 말 그대로 정보의 바다야. 온갖 정보가 널려 있어. 잘 챙겨서 이용하면 큰돈을 벌 일이 엄청 많을 거야. 자주 만나서 의논하자."

"굿. 나, 돈 좋아하는 거 잘 알잖아요. 기회 있으면 바로 알려줘요. 돈부터 왕창 벌고 나면, 민 회장 아이덴터티가 다른 사람의 몸으로 들어가는 방법을 찾아보자고요. 세상에 불가능한 게 있을까. 잘 연구해보자고요. 돈과 정보만 있으면 무엇이든지 가능하게 만드는 세상 아닌가요? 이렇게 문자로 소통하는 거, 조금 불편한데, 다른 방법 없나요?"

"음성 인식 어플 깔고, 홀로그램 설치하면, 서로 얼굴 쳐다보면서 대화할 수 있지. 우선 음성 인식 어플 깔고, 영상 대화 기능 선택하면, 아쉬운 대로 영상 보며 목소리로 대화할 수 있어. 지금 그렇게 해 봐."

"알았어요. 기다려 봐요."

민 회장이 시킨 대로 그대로 해 보니, 과연 화면에 민 회장의 예전 얼굴이 뜨고 그의 생전 목소리가 흘러나왔다.

"김 형사, 내 목소리 잘 들리나?"

"오케이. 잘 들려요. 좀 낫네요."

"글고, 저번에 부탁했던 거 조사해 봤나?"

"아직 못 알아봤어요. 요즘 사건이 많아서 바쁘기도 했고, 내 IT 능력이 부족해서 어떻게 해야 할지도 잘 모르겠어요."

"알았어. 돈이 더 필요한 모양인데, 왕창 먹여줄게. 내가 장기 매매 업자들 계좌를 추적해 돈을 다 빼서 왕창 몰아줄게. 옛날 그 계좌 그대로 사용하지? 그리로 넣어줄까?"

"헐! 역시 민 회장은 대단해요. 근데, 뒤탈이 없을까요? 가명 계좌 하나 만들까요? 그게 안전하겠지요."

"내가 누구야! 천하의 민성화가 그 정도밖에 안 보여? 사이버 세상에서 깨끗이 세탁해서 넣어줄게. 그리고 털린 놈들이 엄청

구린 놈들이라 통장 다 털려도 찍소리 못하고 있을걸. 그런 쓸데없는 걱정은 하지 말라니깐."

"민 회장님, 그게 가능해요?"

"브레인풀에 들어와 적응해 보니, 방대한 빅데이터에 접근 가능하고, 조금만 신경 쓰면 중요한 정보까지 다 알 수 있더라고. 물론 방화벽이 설치돼 있긴 하지만 끈질기게 공략하면 다 무너지고 뚫리게 돼. 갈수록 실력도 쌓이고 요령도 늘고. 몸이 없어 그렇지, 난 거의 신과 동격이야. 하긴 귀신이 맞지만. 원시적으로 해도 그놈들은 처리할 수 있어. 그놈들 프라이버시와 사고방식, 사업 비밀을 죄다 알고 있으니 걔들 뛰어봐야 내 손바닥이야. 스미싱으로 해도 다 속여먹을 수 있을 거야."

"믿을 수 있게 시범적으로 한번 보여 줄 수 있을까요?"

"이런! 쪼잔하긴! 당장 해줄게. 넉넉하게 1시간만 기다려 봐. 대화방 나가자."

"성질은 여전합니다. 민 회장님 말을 못 믿는 게 아니고, 너무 신기해서 하는 말이지요. 오해하지 말고 조금 있다가 봐요."

저녁 먹은 지 얼마 지나지 않았는데 왠지 속이 빈 듯 허전했다. 바람도 쐬고 야찬이라도 먹을 생각으로 밖으로 나가서 가까운 편의점에 들어갔다. 구석 공간에 마련된 간편 탁자에 앉아 핫도그를 먹었다. 오랜만에 먹어본 핫도그가, 기분이 좋은 상태라서 그런지, 그야말로 꿀맛이었다. 문득 고교 1학년 학창시절 생각이 났다. 하교하는 길에 단짝 친구와 성당 귀퉁이에 있던 맥도너스에 들러 핫도그를 맛있게 먹었던 추억이 새록새록 떠올랐다. 핫도그의 달콤한 유혹에 중독돼 용돈을 다 써버리고 늘 돈이 말라 절절매곤 했었지. 하고 싶은 게 많았지만 모든 게 부족했던 그 시절이 좋았던 것 같다. 그땐 그걸 몰랐었지만. 불현듯 그때 그 단짝 친구가 보고 싶다.

1시간쯤 지나자 괜스레 가슴이 두근거렸다. 계좌의 잔고를 확인했다. 오 마이 갓! 이럴 수가! 거짓말처럼 어마어마한 금액이 들어와 있었다. 이체 명세를 확인해 보았다. 여러 계좌로 수백 번에 걸쳐 현금으로 입금된 듯했다. 너무 놀라서 기쁘지도 않았다. 가슴이 벌렁거렸다. 산전수전 다 겪었는데, 이 정도에 겁먹은 모습이 부끄러울 뿐이었다.

김 형사는 정신을 가다듬고 나서 노트북을 열어 민 회장을 불러냈다. 민 회장은 기다린 듯 나타나 호기롭게 웃었다.

"민 회장님, 대단해요. 정말 대단해요. 내가 익히 민 회장님의 천재성을 알았지만, 이렇게까지 뛰어난지 정말 몰랐네요."

"뭘 그 정도 갖고 그렇게 호들갑이야. 사나이 대장부가 말이야. 이건 그냥 장난에 불과해. 앞으로 큰일을 도모할 계획이니까, 내 말을 잘 듣고 잘 협조해 줘. 일단은 저번에 부탁한 화성유배시설에서 내가 죽은 사건의 진상을 소상하게 밝혀봐 주게."

"하이! 민 회장님, 잘 알겠습니다. 앞으로 회장님의 말이라면 죽으라면 죽는시늉이라도 하겠습니다."

"하하, 앞으로 놀랄 일이 많을 테니, 간 좀 키워두라고."

"하이, 하이!"

김 형사는 화성에서의 민성화의 죽음이 사고사가 아니라 인터넷을 통한 살인이라는 사실을 알아내 보고했다. 민성화는 짐작하고 있은 듯 미리 짜둔 계획을 말했다.

"내 그럴 줄 알았어, 그럴 줄 알고 복수할 계책을 짜놨지. 김 형사, 잘 들어. 그 8촌 누나라는 여자를 잘 꼬셔서 검찰청 브레인풀의 이강두 브레인을 빼내 없애버리라고. 서둘러야 할 거야. 저쪽에서 공격 낌새를 눈치 먹고 둥지를 옮기면 헛다리 짓게 되는 거야. 무슨 말인지 잘 알겠지?"

"하이, 보스. 즉각 실시하도록 하겠습니다."

"그냥 하는 척 폼만 잡지 말고 제대로 하라고. 이번 일을 제대로 해내면 갑부 만들어 줄게."

"하이, 보스."

"그리고 나도 피신을 해야 하니까, 고성능 메모리 칩을 구해와서 내 아이덴터티를 다운로드시켜 놓으라고. 내가 존재해야 김 형사도 떼돈 버는 거 명심하고, 빈틈없이 처리 해줘. 우린 둘이 아니고 하나라고. 알았지?"

"하이, 보스! 우리가 남이가!"

김 형사는 검찰에 근무하는 지인을 통해 이민지 사무관에 대한 정보를 입수해 전략을 짰다. 안정적인 공무원 신분에 걸맞은 '으르고 달래기' 전략으로 미션을 수행하기로 마음 먹었다. 살인 방조에 대한 책임을 추궁하는 한편 인류를 위험에 빠트릴 수 있는 존재를 제거해야 할 의무감에 호소하는 방법을 염두에 두고 있었다. 이강두가 복수심에 불탄 나머지 살인을 기도하고 있는 줄 뻔히 알면서도 그를 도와 민성화를 죽인 일은 명백한 살인 방조로 잘못하면 무기징역까지 받을 수 있으니 이제라도 싹을 잘라 수습하는 게 맞는다고 슬슬 협박하고, 그게 안 먹히면 당연히 플랜B를 가동해야겠지. 이강두 아이덴터티를 허용하면 막강한 정보력, 끝없는 학습과 진화를 통해 '신이 아닌 신'이 돼 인류를 노예 상태로 몰고 갈 수도 있을뿐더러 인류 공영을 위해 지켜야 할 금도를 넘어섬으로써 인류 공멸의 길로 인도할 수도 있다고 설득하는 거다.

김 형사의 폰이 번쩍거렸다. 민성화 아이덴터티는 학습과 진화를 거듭해 거의 신과 같이 된 듯했다. 대화가 끝나도 나가지 않고 그대로 놔두면 수동적 성격을 다소 극복할 여지가 있었다. 필요하면 민성화 쪽에서 먼저 나타났다. 비록 사소한 편법이었지만 민성화가 어느 정도 주도적인 역할을 할 수 있기 된 변화였다.

"김 형사, 이민지 만난 일, 어떻게 됐나?"

"아, 보스. 바로 보고하려고 했습니다. 잘 됐습니다. 이강두 브레인을 빼내 제거했답니다."

"진짜야? 그 말 믿어도 되나? 그렇게 쉽게 될 것 같지 않은데?"

"보스, 저도 보통 놈이 아닙니다. 믿어주세요. 보스가 못 미더워하니까, 은근히 심장 상합니다. 몸을 바쳐 미션 수행하고 왔는데, 그렇게 말 하시면 섭섭합니다. 너무 하십니다."

"하하, 일을 너무 쉽게 해서 걱정스러워서 하는 말이지. 미안, 미안. 몸 바쳤다고 하는 걸 보니 벌써 그 여자랑 잔 모양이지?"

"일을 확실히 하려고 하다 보니, 그게 제일 믿을 만하더라고요. 잘 아시면서…"

"맞아 맞아, 잘 했어. 이민지랑 잤다면 믿을 만하지. 다른 건 다 알 수 있는데, 인터넷 공간에 몸과 분리된 아이덴터티의 존재 여부는 확인할 방법이 없거든. 사소한 건데 말이야. 그건 이강두 아이덴터티도 마찬가지일 거야. 피차일탄인 셈이지. 땡큐, 땡큐."

"엎드려 절받기지만, 보스, 감사합니다."

"이번에도 보상을 톡톡히 해줘야겠지. 24시간 내로 계좌 10개를 새로 터서 올려놓으면 내가 꽉꽉 채워주지. 혹시 너무 거액이 들어오면 추적이 있을 수 있으니, 유사시에 대비해 포트폴리오를 잘하라고. 자넨 이젠 갑부야. 잘 생각해 보고 결단해야겠지만, 형사 질을 계속하기 싫으면 언제든지 그만둬도 돼."

"보스, 감사합니다. 제가 더 해야 할 일이 있으면 지금 말씀하시죠."

"내 아이덴터티를 다운로드받은 메모리 칩을 우선 자네 머리에 이식해줘. 내가 거래했던 외과 의사를 수소문해 줄 테니까, 그 수술은 거기에 의뢰하면 될 거야. 단지, 그 외과 의사가 요구하는 금액을 선지급하고 수술 완료 후 동 금액을 더 지급하기로 약속하고 수술을 맡기게. 마땅한 몸 아바타를 구해 다운로드 받을 때까지만 신세를 지겠네."

자신의 머리에 삽입한다는 말에 김 형사는 소스라치게 놀랐다. 새파랗게 질리는 모습을 지켜보던 민성화는 너털웃음을 웃으며 김 형사를 안심시켰다.

"괜찮아. 그만한 일로 뭘 그렇게 놀라나. 천하의 김부신 형사가 그렇게 겁이 많아서야 어찌 큰일을 도모하겠나? 우린 곧 세상을 지배하는 유례없는 대역사를 시작할 거야. 힘내!"

"보스, 제 아이덴터티는 보전되는 거지요. 설마 제 머리에 칩을 박아 제 몸을 아바타로 삼자는 건 아니겠지요. 제가 보스를 거부하는 건 아닙니다만. 저보다 비주얼이 좋고 강건한 몸을 찾아야 안 되겠습니까."

"당연하지. 내가 당분간 피신해 있겠다는 거지. 이강두 아이덴터티가 소멸한 것인지, 아니면 눈치채고 벌써 다른 곳으로 피신해 있는 건지, 그게 명확히 확인이 안 되니까, 만에 하나, 있을 수 있는 공격에 대비해서 내가 당분간 피신해서 돌아가는 상황을 지켜보자는 의도야."

"잘 알겠습니다, 보스. 이제야 100프로 이해됩니다. 바로 미션 수행하겠습니다. 충성!"

최첨단 대용량 컴퓨터에 음성 인식 어플을 깔고 홀로그램까지 설치하고 나니, 강두와의 소통에 거리낌이 없었다. 외형적으론 자연스러운 상황이 됐지만 마음적으론 오히려 부담스러운 것도 사실이었다. 마치 영혼과 함께 사는 느낌이 들어 섬뜩한 기분이 들었다. 남편의 아이덴터티와 함께 생활하는 상황도 편하지 않을 텐데, 아무리 친척이라고 하더라도 젊은 남자의 아이덴터티와 한 공간에서 생활하는 상황은 두렵기까지 했다. 잠도 잘 오지 않았지만, 선잠이 들었다가 일어난 순간, 방안에서 젊은 남자의 홀로그램이 지켜보는 상황은 정말 소름 돋는 일이었다. 다소 눈치가 보이긴 했지만, 민지는 컴퓨터가 없는 구석방으로 잠자리를 옮겼다.

강두는 학습과 진화를 통해 그 능력이 날이 갈수록 고양되는 것 같았다. 그는 어쩌면 신이 될지도 몰랐다. 그런 그가 부럽기도 하고 두렵기도 했다. 컴퓨터를 켜두면 그는 먹지도 자지도 않고 연구와 명상에 몰두했다. 민지가 불편해할까 봐 별일이 없으면 말도 잘 걸지 않았다.

그러던 어느 날 저녁, 민지가 컴퓨터 방을 열고 들어가 강두에게 말을 걸었다.

"강두야, 오늘 김부신이라는 형사가 찾아왔는데, 민성화 사건을 추궁하더라고. 어떻게 알아냈든지 벌써 그 진상을 정확히 파악하고 있더라니까. 니 브레인 아이덴터티가 소멸하지 않고 활동하고 있는 사실, 내 도움을 받아 민성화 살인을 수행한 사실 등을 거명하면서, 글쎄 나를 살인 방조 혐의로 고소할 수도 있다고 협박하더라고. 일단 급한 불을 끄긴 했지만, 그냥 둬선 안 될 것 같아. 어떻게 할까?"

"사실, 그런 가능성이 없지 않다고 예상하고 있었어. 그래서 그런 상황에 대응하는 계획을 세워뒀지. 초저온으로 사망했다면 브레인풀에 편입될 가능성이 큰 데다 민성화가 한국인이니 그 시신이 당연히 이쪽으로 인도됐을 터고, 그놈이 독한 놈인 만큼 아이덴터티 생존 확률이 없진 않으니까, 결국, 이런 상황이 발생한 거겠지. 경찰 브레인풀이 지나치게 활발한 게 의심이 가서 예의 주시하고 있었어. 근데, 급한 불을 껐다는 건 뭐야?"

"인류의 미래를 위해 서로 브레인풀을 제거하기로 합의하고 헤어졌어. 내일 만나서 우리 쪽은 없앴다고 속이고, 저쪽 움직임을 살펴볼 생각이야. 저쪽도 우리 쪽과 거의 같은 전략으로 대응할 수 있으니까, 저쪽보다 한 수 더 내다보고 잘 대응해야 하겠지만."

"누나 잘했어. 그놈도 비상한 놈이니까 대피했을 거야. 어디로 대피했을지가 관건인데, 아마 메모리 첩에 다운로드받아 다른 사람 머리에 심었을 거야. 왜냐하면, 그놈이 브레인을 포함한 인간 장기 공급책이니, 그런 쪽으로 문리가 뚫린 놈이거든. 지금 경황이 없으니, 그래도 신뢰 관계가 형성돼 있는 김 형사 머리에 심었을 가능성이 아주 크다고 봐야지."

"듣고 보니 그렇네. 그러면 우리는 어떻게 대응하지?"

"누나, 배달 로봇을 하나 사다 줘. 그리고 내 아이덴터티를 칩에 내려받아 그 로봇 콘트롤박스에 꽂아줘. 나머진 내가 알아서 할게. 그 후엔 로봇의 수족을 조종해서 필요한 부분을 자가 조정할 수 있거든."

"알았어. 내일 출근하자마자, 바로 네 브레인 아이덴터티를 다운로드 받아 성능 좋은 최신 로봇을 구매해 그 콘트롤박스에 꽂아 줄게."

"고마워. 역시 누나밖에 없어. 내, 이 은혜를 잊지 않고 꼭 보상할게."

민지는 강두를 컴퓨터 방에 남겨두고 문간방으로 건너와 잠을 청했지만, 좀처럼 잠이 오지 않았다. 잠을 자려고 애쓸수록 정신은 더욱 깨어났다. 과연 누가 이 전쟁에서 이길까? 이강두가 이긴다면? 민성화가 이긴다면? 이 싸움에 우연히 말려든 자신과 김 형사의 처지가 안쓰러웠다. 여하튼 이젠 화살이 시위를 떠났다. 싸움이 벌어졌으니 어쨌든지 우리 편이 반드시 이겨야 한다. 이겨야 살아남는다. 민지는 두 주먹을 불끈 쥐고 전의를 다졌다. 그제야 잠이 찾아왔다.

로봇 강두는 경찰서 주변을 서성거리면서 김부신 형사의 움직임을 정밀히 관찰했다. 김 형사의 이동 궤적이 축적되고 그 장소와 시간을 데이터로 통계 처리한 결과가 일목요연하게 나왔다. 특정 시간대에 특정 장소에 있을 확률을 계산해 그 확률이 가장 높은 조합을 찾아냈다. 가장 높은 조합은 오전 9시에서 오전 10시 사이에 경찰서 사무실이었지만, 공적 공간임을 감안해 제외하고 나니, 오후 3시에서 오후 5시 사이에 현대신협에서 운영하는 사우나에 머무는 조합이 단연 두드러졌다. 건물 뒤쪽으로 주차타워가 설치돼 있었으나 그는 지하주차장을 이용했다. 그 전후 시간대에 현대신협 지하주차장에서 대기하는 방안이 가장 합리적인 선택지였다.

로봇 강두는 가슴 왼쪽에 '미스터 피자' 스티커를 붙인 채 피자 배달 케이스를 들고 신협 지하주차장으로 내려갔다. 장방형의 지하주차장은 양쪽에 카메라가 설치돼 있고 55대의 주차 공간으로 구분돼 있었다. 자동출입문 맞은 편 정면으로 엘리베이터 2대가 설치돼 운행 중이었다. 엘리베이터 안에도 매립형 카메라가 작동되고 있었다. 엘리베이터 앞 대기 공간의 구석이 지하주차장 이용자가 반드시 거쳐 가는 카메라 사각지대였다. 로봇 강두는 지하주차장 쪽에서 보면 보이지 않으나 자동문을 통과하는 순간 얼굴을 확인할 수 있는 사각지대에 위치를 잡고 피자 배달 케이스를 왼손에 든 채 꼼짝 않고 자세를 잡았다.

오후 3시라는 시간 정보가 확인되었다. 지하주차장에서 들어온 사람들은 자동출입문을 통과해 들어와 로봇 강두에게 얼굴을 보여주고 엘리베이터를 타고 올라갔다. 로봇 강두를 보고 의식하는 사람도 있었으나 대개 별생각 없는 듯 고개를 돌렸다. 피자가 먹고 싶은 듯 빤히 쳐다보다가 가는 사람도 보였고, 20대 대학생으로 뵈는 여자는 말을 걸기도 했다.

"여기서 주문해도 되니? 메뉴 좀 보여줘."

"죄송합니다. 주문 프로그램이 탑재돼 있지 않습니다. 곧 업그레이드되도록 주인님께 어필해 주세요. 감사합니다."

"알았어. 근데, 너 엄청 귀여워. 안녕!"

"감사합니다. 안녕히 가십시오."

대기 후 50분이 지나고 37번째 사람이 지나가고 38번째 남자가 들어섰다. 그는 사진으로 입력된 김부신 형사와 99.99% 일치했다. 로봇 강두가 대뜸 그 앞으로 접근하자 김부신 형사는 뭔가 눈치를 먹은 듯 다가오지 못하게 손을 뻗더니 공포에 질려 말했다.

"너, 뭐야! 너, 이강두지! 내가 선수를 친다는 게…, 한발 늦었군!"

재빨리 몸을 돌려 도망가려 했지만, 인간의 한계를 극복하지 못했다. 로봇 강두는 그런 상황을 예상한 듯 번개같이 덜미를 낚아채 단숨에 목을 꺾었다. 로봇 이강두는 김부신 형사의 목숨이 끊어진 걸 확인한 후 김부신 형사의 머리에 박힌 브레인 칩을 빼내 발로 밟아 부수어 버렸다. 로봇 강두는 비상구 계단을 통해 유유히 걸어 나왔다. 때마침 피트니스 센터로 들어가던 60대 여자와 마주쳤지만, 그녀는 관심을 두지 않고 못 본 듯이 그냥 스쳐 지나갔다. 4차선 도로 건너편 가로수 가지 위에 비둘기 두 마리가 한가로이 놀고 있었다.

로봇 강두는 내부 인터넷 폰을 통해 이민지 사무관에게 연락을 취했다.

"누나, 내가 잘 처리했어. 말끔히 해치웠어."

"수고했어. 힘들지 않았어? 민성화나 김부신이나 보통 악당이 아닌데…"

"내가 먼저 선수 친 거니까, 걔들이 한 수 늦은 거지. 철천지원수를 처단했으니 만나서 축하해야 하지 않을까."

"당연하지. 네 늠름한 모습을 보고 싶다. 홀로그램으로 볼 수 있는 우리 아파트로 와. 6시 반까지 갈게."

"오케이."

지금부터 최대 속도로 걸어가면 5시 반쯤 도착할 수 있는 거리다. 6시 반까지 도착하려면 속도를 늦추고 우회해야 한다. 그냥 목표 위치의 주소, 도착 희망 시간을 입력하고 자동 보행으로 설정했다. 한가로이 산책하는 사람의 걸음걸이와 비슷했다. 로봇은 천천히 걸어갔지만, 목표를 달성한 강두는 맥이 풀리고 집중력이 떨어졌다. 나른함이 느껴지고 잠이 올 것만 같은 기분이었다.

신체도 없는 유령이 무슨 잠이 오는 걸까. 잠이 온다고 자는 순간, 다른 사람과 같이 이강두란 아이덴터티가 소멸하리라. 사무치는 울분과 불타는 복수심이 그의 아이덴터티를 극적으로 붙들어 매는 기적을 만들어냈지만, 그 득한 기운과 초월적인 에너지가 꺾이는 순간, 예외적으로 살아남은 아이덴터티는 산산이 부서지고 흩어질 터, 죽을힘을 다해서라도 이 나른함과 졸음을 이겨내야 한다.

 그렇지. 나른하지 않고 잠이 오지 않게 하려면 꼭 달성해야만 하는 목표를 설정하고, 그 목표를 위해 정신을 집중해야 한다. 참을 만하고 견딜 만하다면 웬만하면 누구나 살아남았겠지. 지금까지 브레인풀에 편입된 브레인 중 아이덴터티를 유지한 브레인이 두 명밖에 없는 걸 보면 참을 만하지도 않고, 견딜 만하지도 않다는 말이겠지. 그걸 둘러치면 아이덴터티 생존엔 남다른 절박함과 초인적인 지독한 의지가 필수 불가결하다는 뜻이겠지.

 답이 나왔군. 꼭 달성해야 할 목표를 세우고, 그 목표를 달성하지 못하면 바로 소멸한다는 절실한 각오로 독한 마음을 품고 초인적인 노력을 경주해야 한다는 거다. 말이야 쉽겠지만, 결코, 쉽지는 않을 거야. 브레인풀에 편입될 당시 상황을 감정 이입해 최선을 다하는 거야. 한번 한 일인데 두 번은 못 하겠는가. 해 보자. 할 수 있다. 하자. 꼭 해 보자. 반드시 할 수 있다. 죽을 각오로 하자.

 목표는 무엇으로 할까. 일단 멋진 비주얼을 가진 몸짱을 찾아 그 몸을 점령하는 걸 1차 목표로 설정하자. 민성화처럼 다운로드한 칩을 두뇌에 심는 방식은 한집에 두 살림을 사는 것처럼 불편할뿐더러 생명줄을 남의 머리에 얹은 셈이니 살얼음판을 걷는 것과 다름이 없으니 시도할 게 못 돼. 민성화처럼 허무하게 소멸될 가능성이 크다고 봐야지. 다운로드한 칩을 로봇에 심는 지금 이런 방식은 불시의 도발에 무방비한 기계의 부속품으로 얽혀 다니는 까닭에 섶을 지고 불길로 뛰어드는 만큼이나 위험할뿐더러 인간과 부대끼고 사랑을 나누며 삶을 살아가는 것도 가능하지 않지. 둘 다 영 마음에 들지 않아. 불멸의 완벽한 인간, 무소불위의 인간으로 환생하는 방법을 찾아봐야겠지. 삼장법사가 손오공을 조종하는 방식을 벤치마킹하는 것도 좋을 것 같아. 손오공과 아바타를 혼성한 모델도 재미있을 것 같군. 아이덴터티는 화성과 같은 접근이 어렵고 안전한 곳에 숨겨두고서 인공위성을 통해 몸짱 인간 아바타를 원격조정해 인간과 교감하며 사는 방식, 말하자면 완벽한 가스라이팅을 통해 몸짱 인간 아바타로 환생한다고나 할까. 몸짱 인간 아바타를 교체하기도 하면서 영생의 꿈을 실현하는 거지.

영생의 실현은 중간 단계의 목표이고 최종 목표는 훨씬 더 도전적이어야 되지 않을까. 인류가 축적한 다양한 문명을 섭렵하고 방대한 정보와 지식 총량을 장악함으로써 무소불위의 능력을 소유하고서 단 한 명의 인간으로 영생한다는 것은 용서할 수 없는 사치이고 이기심이다. 인류의 끝없는 번영을 위해 절대 권력을 가지고 세상을 다스려야 한다. 최종 목표는 신과 같은 천의무봉의 완전한 존재가 돼 인류를 바른길로 인도함으로써 세상을 유토피아로 만들어 가는 것이다. 목표가 명확하게 설정되니, 의욕이 솟아나고 생존에 대한 애착이 절실해지는구먼. 그러고 보니 나른함과 졸음도 사라졌네.

지나가던 어린이가 로봇 강두를 보더니 앞서가던 어머니를 붙들고 피자를 사 달라고 졸랐다. 어머니는 로봇 강두에게 다가와 기웃거리다가 말을 걸었다.

"얘, 여기서 주문할 수 있지?"

로봇 강두는 잠시 생각을 접고 걸음을 멈추고선 갑작스러운 물음에 대답했다.

"전 배달 전용 로봇입니다. 따라서 주문받는 기능이 없습니다. 죄송합니다."

어린이는 실망한 듯 얼굴을 찡그리며 어머니의 손을 잡고 길을 건너갔다. 로봇 강두는 가슴 왼쪽에 붙은 피자 스티커를 떼 내 포켓에 넣었다. 목표가 정해지자 해야 할 일들이 일목요연하게 떠올랐다. 제일 중요한 건 아무리 생각해도 역시 자금 비축이었다. 자립 가능할 때까지 누나의 도움은 필수적이라 여겨졌다.

정확하게 오후 6시 반에 목적지 집에 도착했다. 누나도 방금 도착한 듯 옷을 갈아입고 있었다. 로봇의 몸을 하고 있어 함께 먹거나 마실 수 없으니 조금 어색하긴 했지만, 미팅이 실속있고 편했다.

"강두야, 큰일 했다. 민성화와 김부신은 보통 놈이 아닌데, 운

좋게도 단번에 처리했네. 나도 김부신에게 잘못 걸려들어 식겁했다. 니 덕분에 깔끔하게 해결됐으니 십 년 묵은 체증이 확 내려가는 느낌이야."

"다행이야, 누나"

"네가 대단한 걸 익히 알고 있었지만, 볼 때마다 놀란다니까."

"내가 누구야? 거의 모든 데이터에 연결 가능한 정보 끝판왕에 치밀하고 창발적인 브레인의 아이덴타티잖아. 난 평범한 인간이 아니야. 마음만 먹으면 뭐든지 할 수 있어."

"하긴 그렇지. 넌 완벽한 정보에 로봇의 물리력까지 갖췄으니 천하무적이겠지. 근데, 로봇은 인간을 살해할 수 없게 법제화돼 있어서 설계·제작 단계부터 세팅돼 있을 텐데…"

"해결 방법을 찾아 미리 손을 봤지."

"제조 시 세팅된 기본 프로그램은 바꾸는 게 불가능해서 절대적으로 안전하다고 선전하더니만, 그런 것도 포맷하고 원하는 프로그램을 깔 수 있다니, 놀랍고 무섭네. 강도 로봇, 절도 로봇 심지어 킬러 로봇도 불가능하지 않다는 말이네. 상상만 해도 끔찍해."

"거의 불가능에 가깝지만, 내가 예외적인 존재인 셈이지. 나와 같은 인터넷, 로봇, 인간을 통합한 존재는 앞으로 더이상 나오지 않을 거고, 설령 나온다 해도 내가 파수꾼이 돼 제거할 거니까, 누난 안심해도 돼. 민성화 같은 머리 좋은 악마는 정말 위험천만한 존재였는데, 누나 덕분에 깨끗이 정리했어. 누나는 정말 영웅이야. 악마의 손길에서 인류를 구해낸 영웅이야. 자부심을 가져도 좋을 것 같아."

"곰곰이 생각해 보니, 인간 신체에 해악을 가하지 않고 절도나 사기에 전문화한 로봇이 등장할 가능성이 엄청나게 큰 거 같아. 불법적으로 수집된 다양한 사생활 데이터를 바탕으로 새로운 첨단기술을 이용한 기상천외한 방법으로 새로운 유형의 범죄를 기도한다면 그걸 어떻게 막을 수 있겠나. 그런 걸 악랄한 깡패들이 악용한다면 지금까지 쌓아 올린 공든 탑이 허물어지는 건 시간문제고, 극심한 사회적 혼란이 쓰나미처럼 밀려올 건 불을 보듯 훤해. 생각할수록 소름이 돋네."

"누나, 상상력이 풍부해서 너무 나가는 거 같아. 창이 있으면 방패가 나오는 법이야. 너무 신경 쓰지 마. 글고, 내가, 극히 예외적인 경우이지만, 세상의 수많은 정보에 접근할 수 있으니까, 그런 거의 불가능한 일을 해낸 거지, 기본 프로그램 해제는 거의 철벽이야. 기본 프로그램을 변경하려고 시도하려면 로봇을 망가뜨리고 감옥 갈 각오를 해야 할 정도로 그 위험 부담이 커. 누나, 그러니까 너무 걱정하지마. 그런 걱정을 왜 해."

"그건 그렇다 치고, 김부신 형사는 인간이니까 숨이 끊어져 죽었을 테지만, 민성화 아이덴터티는 진짜 완전히 소멸한 거야? 밑어도 되는 거야? 브레인풀에 남아 있는 그의 뇌는 그냥 둬도 상관없는 건가?"

"누나, 민성화 아이덴터티는 김부신 머리에 이식된 칩에 다운로드됐는데, 그걸 내가 직접 빼내 부쉈기 때문에 민성화 아이덴터티는 완전히 소멸한 거야. 민성화 아이덴터티는 민성화 뇌에서 분리돼 그 아이덴터티가 그 뇌 속에 머물러 있는 것이 아닌 까닭에 브레인풀 속의 그의 뇌는 그냥 정보처리장치의 물리적 구성요소일 뿐이라고 생각하면 돼."

"헐! 그렇다면 너도 다운로드된 메모리 칩에 생명줄이 달려 있다는 거네! 로봇이 고장 나거나 부서지면 절단일 텐데…, 너무 허술하고 위험한 거 아닌가? 무슨 묘안을 찾아봐야겠는데…"

"누난 역시 머리가 비상해. 안 그래도 영생할 수 있는 방법을 연구하고 있어. 될 수 있는 대로 빨리 가능한 방법을 찾아야지. 곧 찾을 수 있을 것 같아. 그때까진 조심해야지. 잠도 없으니 에너지원만 잘 관리하면 문제가 없을 거야. 걱정해줘서 고마워, 누나. 역시 피가 물보다 진하다고, 핏줄이 최고야."

로봇 강두의 말이 채 끝나기 전에 이민지는 탁자 위에서 호신용 전기충격기를 들고서 메모리 칩이 들어 있는 로봇의 뒷골에다 갖다 대고 버튼을 연속해서 잇달아 계속 눌러댔다. 로봇은 전기충격으로 합선이 일어난 듯 '찌직' 하는 소리와 함께 미세한 섬광이 일었다. 로봇 강두는 외마디를 질렀으나 곧 말이 끊어졌다. 그 틈을 타서 민지는 재빨리 로봇 뒤 꼭지에서 메모리 칩을 빼내 부엌칼로 잘게 부순 다음, 변기에 넣고 물을 내렸다.

"안돼! 누나, 안돼! 믿는 도끼에 발등 찍힌다더니…"

강두의 절규가 환청으로 귓전을 맴돌았다.

"강두야, 미안해. 정말 미안해. 아무리 생각해도 그건 선을 넘은 거야. 그건 정말 아닌 거 같아. 넌 머리가 비상하니까, 내가 왜 이러는지 잘 알 거야. 누나를 이해하겠지. 미안해, 부디 용서해줘. 내가 저지른 불장난, 내가 꺼야겠지."

어둠이 땅거미를 찾아 회색 건물 틈 사이로 흘러들고 날카롭고 창백한 백색 불빛이 그 꼬리를 좇아 따라붙었다. 백색광의 세력이 점차 커져서 구석에 웅크려 숨은 암흑의 기세를 압도해 갔다. 달과 별도 백색광에 합류한 듯 힘을 보탰다. 어둠은 때를 기다리는 듯 멀찌감치 물러선 채 물끄러미 바라다보고 있었다. 별은 여전히 빛났지만, 달은 철 지난 연대기가 됐다.

내일

초판 인쇄일 • 1쇄 2025년 4월 25일
초판 발행일 • 1쇄 2025년 5월 01일

지 은 이 • 오철환
펴 낸 곳 • 화니콤
편 집 인 • 정준영

주　　소 • 대구광역시 수성구 들안로54길 12 1층
전　　화 • 053.755.6700
팩　　스 • 053.755.6726
전자우편 • red0202@nate.com
출판등록 • 2006년 8월 31일 제346-2006-00012호

ⓒ오철환, 2025

ISBN 978-89-97823-21-5-03800

값 15,000원